国家出版基金项目
NATIONAL PUBLICATION FOUNDATION

中國文學發凡

[日]青木正兒◎著
郭虛中◎譯

山西人民出版社
山西出版傳媒集團

圖書在版編目(CIP)數據

中國文學發凡／［日］青木正兒著；郭虛中譯．—太原：山西人民出版社，2015.9
（近代海外漢學名著叢刊／鄭培凱主編）
ISBN 978-7-203-09240-7

Ⅰ．①中…　Ⅱ．①青…　②郭…　Ⅲ．①中國文學－古典文學研究　Ⅳ．①I206.2

中國版本圖書館CIP數據核字(2015)第207959號

中國文學發凡

叢刊主編　鄭培凱
著　　者　［日］青木正兒
譯　　者　郭虛中
責任編輯　崔人杰

出 版 者　山西出版傳媒集團·山西人民出版社
地　　址　太原市建設南路21號
郵　　編　030012
發行營銷　0351-4922220　4955996　4956039
　　　　　0351-4922127(傳真)
天猫官網　http://sxrmcbs.tmall.com　0351-4922159(電話)
E-mail　sxskcb@163.com　發行部
　　　　　sxskcb@126.com　總編室
網　　址　www.sxskcb.com

經 銷 者　山西出版傳媒集團·山西人民出版社
承 印 廠　山西出版傳媒集團·山西人民印刷有限責任公司

開　　本　700mm×970mm　1/16
印　　張　14
字　　數　105千字
印　　數　1—2000冊
版　　次　2015年9月　第1版
印　　次　2015年9月　第1次印刷
書　　號　ISBN 978-7-203-09240-7
定　　價　42.00圓

近代海外漢學名著叢刊編委會名單

出版説明

近代海外漢學名著叢刊選取一九四九年以後未再刊行之近代海外漢學作品，編例如次：

一、本叢書遴選之作品在相關學術領域具有一定的代表性，在學術研究方嚮、方法上獨具特色。

二、爲避免重新排印時出錯，本叢書原本原貌影印出版。影印之底本皆經專家組審定，原書字體大小、排版格式均未做大的改變。

三、爲使叢書體例一致，本叢書前言、後記均采用繁體字排版。

四、個别頁碼較少的版本，爲方便裝幀和閱讀，進行了合訂。

五、少數作品有個别破損之處，編者以不改變版本内容爲前提，部分進行修補，難以修復之處保留缺損原狀。

六、原版書中個别錯訛之處，皆照原樣影印，未做修改。

由於叢書規模較大，不足之處，在所難免，殷切期待方家指正。

總序／温故而知新

晚清以來，西力東漸，西方文化思想的著作也大量譯成中文，最著名的如嚴復與林紓的譯著，影響了整個二十世紀中國的知識界與文學界，使得中國文化的思維脈絡爲之丕變。除了西方思想經典、文學與實證科學著作的翻譯，以實證方法系統化探討中國文史的域外漢學，也對中國學術思想界産生了莫大衝擊，改變了中國學術的著述方法與取嚮。

中國傳統的知識結構，是按經史子集四庫分類的，以儒家意識形態的經學爲文化知識的砥柱，以史學爲貫串歷史經驗的殷鑒，至於子部與集部，則是作爲保存文獻、擴大知識面的附帶知識，可以耽情冥想，可以悠遊玩賞，却都是邊緣化的知識，無關聖教的弘揚，無關文化精髓的宏旨。西方文藝復興之後的現代學術體系，在知識分類上，與中國傳統大相徑庭，講究系統分科，不同知識領域各有其客觀存在的價值，有其相對獨立的目的與標準。日本知識界在明治維新以來，鑒於東方文明落後於西方的船堅炮利，率先效法西方，在追求「文明開化」、「脱亞入歐」的過程中，爲日本學術發展循着現代西方的體例，建立了哲學、文學、歷史學、經濟學、法學、商學、物理學、化學、地質學、醫學、農學、工程學、植物學、動物學等等新型學科，企圖與西方學術齊頭並進，從而影響了中國近代學術體系的發展。

本叢刊選印二十世紀上半葉出版的漢學譯著近百冊，分爲三大類：「歷史文化與社會經濟」、「古典文獻與語言文字」、「中外交通與邊疆史」，反映民國時期學術界重視西方及日本漢學研究的成果，藉助他山之石，重新審視中國傳統歷史文化的意義，特别是開拓了傳統學術忽略的領域。五四新文化運動以來，中國學者如蔡元培、胡適都提倡「整理國故」，以理性實證的方法，對中國文化傳統做出系統化的研究，是與這些漢學譯著相輔相成的。這些譯著除了介紹域外漢學的成果，還引進了嶄新的學術研究方法與視角，有助於梳理中國文化傳統的脈絡，重新整合知識結構與學術體系。雖然這些學術著作不是中國學者的成就，無法納入二十世紀中國文史學術的主脈，但是從中文譯本的影響而言，起碼也應當視爲中國近代學術發展的支脈或潜流，不容忽視。可惜的是，到了二十世紀下半葉，因爲兩岸政治形勢的變化，這些漢學譯著，除了部分因王雲五重新入主臺灣商務印書館，而得以在臺灣做了少量的重印，在大陸的出版界，則完全受到遺忘，甚至在許多新成立的大學圖書館中也不見踪影。我們搜集了近百冊塵封的漢學譯著，呈現給二十一世紀的中國學術界，一方面是爲了銘記前人爲推展學術而做出的努力，另一方面也是爲了提醒新常態時期的學人，學術發展有其歷史累積的脈絡，可以從中汲取歷史經驗，温故而知新。

説到「温故知新」與這批早期漢學譯著的關係，可以從兩個方面來思考，以見翻譯域外漢學如何反映了時代精神，爲融匯東西方學術思維，重新闡釋中國文化傳承，做出不可磨滅的貢獻。一是域外漢學的研究對象，以中國歷史文化典籍爲主，屬於中西文化碰撞期間興起的「國學」範疇，與五四新文化人物提倡的「整理國故」運動若合符節。研究中國歷史文化，並賦予新的學術意義，是清末民初知識精英念兹在兹的心結。歷史發展走到一個環節，時代的狂風揚起了批判傳統的大旗，風中的英雄幫着推波助瀾，却又無時或忘自己民族文化主體的未來，糾纏於「傳統」能否「現代」的困境。域外漢學的出現，以西方實證方法研究中國歷史文化傳統，綜合東西方各種語言文字材料，擴大了研究國學的眼界，即使無法打開中國文化傳統是否走到盡頭的心結，至少是提供了一個解惑的方嚮，在大霧彌漫的夜晚，看到了依稀渺茫的星光。

二是翻譯域外漢學，有一種以子之矛攻子之盾的吊詭作用，逐漸化解了中國文化思維中的自大心理與封閉心態，讓唯我獨尊的國粹基本教義派解除武裝到牙齒的盔甲，轉而吸收並接受西方實證研究的學風。民國期間新式教育制度的推行、學術體系的變化、大學學術專業的創建，具體到北京大學國學門的成立，中央研究院規劃歷史、語言、考古的研究領域，都與翻譯域外漢學背後的旨意是息息相關的。因此，重新閲覽這批民國期間的漢學譯著，對二十一世紀的現代學人來説，温故而知新，不但可以窺知民國學人追求新知的心理狀態，也會刺激吾人反思，認真思考學術研究方法與中國學術發展的前景，更進一步，探索文化傳統的重新闡釋與新知介入的關係。知識體系的變化當然與傳統的重新闡釋有關，是外爍的影響大呢，還是内因變化的成分居多？

論語·爲政記載孔子説：「温故而知新，可以爲師矣。」歷代解經，對這個「爲師」的道理，有兩種相近似但又取嚮不同的解釋。朱熹四書集注説：「故者，舊所聞。新者，今所得。言學能時習舊聞而每有新得，則所學在我而其應不窮，故可以爲人師。若夫記問之學，則無得於心而所知有限，故學記譏其不足以爲人師，正與此意互相發也。」雖然朱熹把知識分爲「舊所聞」與「新所得」，强調的却是「學而時習之」，從中生發新的心得，也就是從詮釋舊典中得到新知。這個説法與朱熹在鵝湖之會以後，作詩唱和，寫給陸九淵的詩句，「舊學商量加邃密，新知涵養轉深沉」，异曲同工，是一個意思，萬變不離其宗，舊學與新知是同一個脈絡的知識學理。

然而，有些朱熹之前的經學家，解釋「温故知新」，却有不同的取嚮。皇侃論語義疏就説：「故，謂所學已得之事也。所學已得者則温尋之不使忘失，此是月無忘其所能也。新，謂即時所學新得者也。知新，謂日知其所亡也。若學能日知所亡，月無忘所能，此乃可爲人師也。」皇侃明確説到，「故」指的是過去所學的知識，而「新」則指的是新近學到的知識，新舊結合，相互發明，就可以「爲人師」了。邢昺論語注疏循着皇侃的思路，也説：「言舊所學得者，温尋使不忘，是温故也。素所未知，學使知之，是知新也。既温尋故者，又知新者，則可以爲人師也。」這裏講的「素所未知」，就不衹是研讀舊學，有了新的體會，從過去的傳統中發展出的「新知」，而是從來没聽過、没想過的新學問了。這種「素所未知」的新學問，結合「舊所聞」，對習以爲常的知識框架，就會産生巨大的衝擊，而出現飛躍性的結構變化。知識内容或許大體沿襲傳統，知識結構却得以重新整合，出現嶄新的認知系統，重新審視自己文化傳統的意義，打開文化傳承的新局面。二十世紀上半葉的漢學譯作，就發揮了這樣的作用，促使中國學者放棄自我中心的文化態度，從各種不同側面，探知中國歷史文化的光譜，以域外（或是全球）的角度觀測中國傳統，摇動了文化的萬花筒，看到七彩繽紛的中國。

嚴復在甲午戰爭之後，改良變法思想風起雲涌之時，開始大量翻譯西方思想經典著作，是有感於國人（特别是傳統文化孕育的知識精英）思維系統封閉，企圖介紹實證新知，引進邏輯思維的方法，以破除儒學之道「一以貫之」與「放之四海而皆準」的虚妄。他翻譯天演論，在序文中提到，有人歸納東西方學術思想，認爲中國文化重精神，是形而上之學，立意高超，而西方文化重物質，是形而下之學，衹追求功利的回報。他認爲，這種自以爲是的蒙昧態度，陷入傳統舊學的框囿而不自知，没有自我反思的能力，無法吸收「素所未知」的新知識，也就無法開展並弘揚自己的文化傳統。嚴復非常清楚他翻譯西方經典的目的，是爲了介紹新知，打破中國傳統思維的封閉性，但是，作爲披荆斬棘的拓荒人，他深知思想封閉者的頑固心理，必須因勢利導，以免遭到盲目衛道之士的攻訐。嚴復有其防身的策略，不會像許褚戰馬超那樣赤膊上陣，而是以桐城文章譯述赫胥黎、斯賓塞、穆勒、亞當·斯密、孟德斯鳩，博得晚清知識精英的贊許，文章深閎而傳入了新知義理。從文化變遷的角度而言，通過翻譯，以迂迴戰術來介紹西方思想，得到巨大的成功，產生了改變傳統思維體系的實效，是中國近代思想史上影響深遠的大事。以此類推，民國時期大量翻譯域外漢學的影響，也是不容忽視的思想史課題。

關於清末民初西方學術思維衝擊中國知識精英，顛覆傳統文化的知識結構，錢穆在現代中國學術論衡的序言中，從中國文化本位的立場，發出深刻的感慨，做了籠統的批評：「文化异，斯學術亦异。中國重和合，西方重分別。民國以來，中國學術界分門別類，務爲專家，與中國傳統通人通儒之學大相違异。循至返讀古籍，格不相入。此其影響將來學術之發展實大，不可不加以討論。」錢穆所指出的問題，是傳統知識體系强調「通」，文史哲不分家，最崇尚通儒，而現代學術講究專業分科，各司其職，以至於讀不通古籍呈現的整體性知識思維。姚名達在撰寫中國目録學史的時候，對西力東漸，西潮帶來的翻譯著作及新知新學，也有類似的感慨：「四部分類法，不合時代也，不僅現代爲然。自道光、咸豐允許西人入國通商傳教以來，繼以派生留學外國，於是東西洋洋籍逐年增多。學問翻新，迥出舊學之外。目録學界之思想不免爲之震蕩。」這種對學術體系發生重大變化的觀察，反映了中國學人從晚清一直到民國，夾在東西方兩種不同思維體系的衝突中，身歷其境的切身感受，因此感觸良多。

二十世紀上半葉最能代表中國學術的通儒是王國維與陳寅恪，他們浸潤了經史子集的四部知識傳統，承繼乾嘉篤實的考據學風，却都經過西洋邏輯思維與實證科學的洗禮，參與中國知識結構的轉型。對西方現代知識結構如何在中國生根發芽，不但再三致意，并且以自己的學術實踐來努力促成。王國維早在一九〇二年就寫信給張之洞，反對把經學列爲大學分科之首，而主張效法西方與日本的大學，設立哲學科，明確指出知識結構的分類不可因循傳統，而必須另起爐竈。陳寅恪在一九二五年就清華大學建制的問題，寫了吾國學術之現狀及清華之職責，指出大學的職責在於學術之獨立，而中國學術界的情況令人十分不滿，必須認真效法西方學術的體制及實踐。他說：「蓋今世治學以世界爲範圍，重在知彼，絕非閉門造車者比。」這兩位國學大師，對西方與日本的漢學研究十分注意，都是以開放態度對待域外漢學研究，集思廣益，以成其大家。

再回到「温故知新」的歷代經解，說說文化傳承的闡釋學意義。劉寶楠在論語正義中指出，上古之時，文化知識是上層統治精英的家學，不再治理實際政事的長者可以傳遞德行的知識，可以爲人師。「温故而知新」，就顯示長者不忘舊時所學，且能吸收新知，繼承并發揚這種學術與政治合一的傳統。到了孔子之時，時代出現了變化，士大夫不見得能够謹守家法，弘揚德行，也不一定能够「爲師」了。孔子之後，世變日亟，「道術爲天下裂」，文化知識不再爲少數統治精英所壟斷，也不必然與治理政事有關，學術在民間百花齊放，百家争鳴。但是，學術知識發展的脈絡基本未變，仍然是要温故知新，進德修業。從劉寶楠不經意的闡釋中，可以看到時代變遷影響了學術文化的內容，改變了知識結構的體系，但其內在發展的理路仍舊，還是需要舊學與新知的融合，才能有所發展。

劉寶楠還引述了劉逢禄的解釋：「故，古也。六經皆述古昔、稱先王者也。知新，謂通其大義，以斟酌後世之製作，漢初經師皆是也。」劉寶楠贊成這個說法，並指出，漢唐人解釋「知新」，大多數都沿用此意。也就是說，舊學是傳統的知識結構體系，新知是時代變化出現的新知識，必須相互斟酌，才能發揮得宜。至於如何對舊學「通其大義」，就見仁見智，各有說法了。從這個通達的詮釋來討論近代西學東漸的情況，我們可以看到，「温故而知新」在民國學人的心底，是産生「傳統」與「現代」糾葛的心理陷阱，不易跨越。若依照朱熹的說法，「學能時習舊聞而每有新得，則所學在我而其應不窮」，雖然在哲理上可以模模糊糊說通，但在清末民初的具體歷史環節，西學的新知屬於完全不同的知識體系，在原有的舊學脈絡中，根本無從立足，如何「其應不窮」?所以，真要放之四海而皆準，提升「温故而知新」的普世意義，以理解域外漢學譯著與近代學術知識體系變遷的文化史意義，我們認爲，皇侃、邢昺，一直到劉寶楠的闡釋，是比較合適，並與現代文化闡釋學的説法相近。

伽達默爾（Hans-Georg Gadamer）在他的名著真理與方法中，説到認知理性與文化傳統的關係，特別指出，人們通過理性，來判斷歷史文化中事實的真相，但是人的理性與生存環境息息相關，與傳統所衍生的豐富文化底蘊有關，不可能完全超越文化傳統的思維脈絡。他認爲，人生活在文化傳統之中，就不可能「遺世獨立」，以全能超越的抽象思辨來認識傳統，甚至是批判或顛覆傳統。傳統是歷史文化延續與傳承的表徵，不會一成不變，而我們的認知理性也會因時代變遷，而不斷重新詮釋傳統。伽達默爾的闡釋學以西方文化傳統爲例，説明新知如何納入傳統，而使文化傳統生機不斷，生生不息，與中國歷代經學家的説法（朱熹除外），有异曲同工之效。以此觀照民國時期的漢學譯著，我們認爲，這批學術新知傳入中國，對中國文化傳統的繁衍與發展，實有承先啓後之功。

近代海外漢學名著叢刊的出版，最值得感謝的是南兆旭先生二十多年來搜羅的執着與努力。雖然這套叢刊不能窮盡民國時期的漢學譯著，但是，能滙集上百册自一九四九年以來在國内不曾重印的學術著作，再度公之於世，總是功不唐捐的大功德。忝爲本叢刊的主編，我面對這批民國學術材料，先是感到紛雜無章，有些原作者的學術素養也難副當前的學術標準，甚爲猶豫。後轉念一想，這是上個世紀中國最紛亂時期的學術記録，也是民生凋敝，國勢隤危，内亂外患交加之際，仍有許多學者孜孜矻矻，戮力翻譯域外漢學，爲中國學術的傳承拓展新知的坦途，不禁肅然起敬，開始用心整理分類。掛一漏萬，在所難免，好在有學殖豐贍的諍友擔任分卷主編，並撰寫各分卷前言，實在是衷心銘感。有傅杰教授負責「歷史文化與社會經濟」、戴燕教授負責「古典文獻與語言文字」、霍巍教授負責「中外交通與邊疆史」，吾道不孤矣。在整理編輯過程中，周威先生費心最多，也是我要衷心感謝的。

道術之存亡，全在人心之嚮背。這批民國漢學譯著重新問世，對我們生長在承平之世的學人，應當有激勵的作用，爲學術研究多盡份力，讓中國學術發展更上一層樓。

鄭培凱

二〇一五年七月

前言

二十世紀三十年代是中國現代學術史上的一個黃金時期。從晚清的白話文運動，到白話文在民國初年被定爲現代國語，中國的語言也就是「漢語」本身便發生了一個很大的變化。在漢語的這一現代轉化過程中，「新文學」即白話文學、又或稱國語文學的异軍突起，又起到極爲重要的推進作用。因此，現代的漢語和文學，從一開始就如雙生子一樣關係密切，不可切分。

當然，白話文與白話文學的興起，原因不止一個，但不能否認的是，在漫長的從「邊緣」變爲「正統」的道路上，它們都受到過外來的語言和文學的刺激。這裏面既包括有現代漢語對「外來語」的吸納、新文學對外國文學的模仿，也包括了引入歐美日的方法，對漢語和文學加以研究。這個研究，還不單單是針對現代的漢語和文學，也針對古代的漢語和文學。

伴隨着漢語和文學自身的演變，而在語言學界及文學研究界發生的這些轉變，其實是中國學術在各個領域實現其現代轉型的一部分，也可以説是中國現代學術之建立的一個基礎。隨着對東洋、西洋從觀念到方法、從文獻到詮釋的全面開放，在一九三〇年前後，中國的語言學和文學研究也迎來了自己的黃金時代。

這個黃金時代出現的很多學術成果，都是當時中國學者在傳統學問的基石上，吸收外國的方法、結論得到的，如王力所説，那時的語言學，「始終是以學習西洋語言學爲目的」，文學研究也莫不如此。所以，要想說明這個學術上的黃金時代究竟是什麼樣的，又如何形成，勢必要對當時的國外漢學知其一二，尤其要對翻譯成中文出版的漢學書籍有一點瞭解。

語言學方面，自馬氏文通引入西方語法之後，在中國影響最大的恐怕就要數高本漢。從一九二七年的左傳真僞考及其他，到一九七二年的中國聲韻學大綱，他關於中國語言學的論著幾乎都有在中國（包括香港、臺灣）翻譯出版。據說早年間，在他的音韻學論文尚未譯成中文出版前，錢玄同就已經拿着其中幾頁，作上課的教材用。他的中國語言學研究的譯者賀昌群也曾說，在語言音韻學方面有所成就的學者，都是借高本漢之力。

文學方面，一個突出的現象是，日本漢學家的著作被翻譯出版最多。究其原因，大概是由於日本在歷史上受中國文化影響甚深，日本漢學家普遍有很好的漢學功底，到了明治維新以後，又先於中國接受歐美的思想、文化和學術，這兩方面的結合，促使日本漢學界產生出很多新的研究成果，其中就有像兒島獻吉郎、鈴木虎雄、本田成之、青木正兒、鹽谷温、梅澤和軒等人的著作。這些涉及中國古典文學、藝術、思想等領域的論述，兼有東西之長，比較容易爲中國學界理解和認同。因此，在現代中國的文學史、文學批評史、藝術史、哲學史等學科領域，日本的研究範式一度相當流行。

說到海外漢學的影響，還不得不提及海外漢學論著的翻譯出版，在二十世紀三十年代前後是又多又快，像成書於一九三二年的石田幹之助的歐人之漢學研究，一九三四年就有了中文譯本，就是典型的一例。這固然是由於當時的中國學界對於及時掌握海外漢學動嚮，有一種普遍的要求，可是不能忘記的是這些漢學論著的譯者，在這中間扮演了很重要的「驛騎」角色。

在這裏，也許不需要再去重復趙元任、羅常培、李方桂這一黃金組合翻譯高本漢中國音韻學研究的故事，不需要説明高本漢論著的大多翻譯者，如張世禄、賀昌群等，也都是很好的專業學者。就連最早的左傳真僞考及其他，也是經胡適推薦，由當年聲名鵲起的新鋭陸侃如翻譯的。而在陸侃如看來，他的譯介，就是爲了「東海西海互相印證」（譯跋）。

值得一説的，倒是譯過不少日本書籍、不限於漢學著作的孫俍工。孫俍工一九二四年赴日留學，他本來學的是德國文學，可是很快翻譯了鈴木虎雄的中國古代文藝論史、鹽谷温的中國文學概論講話、本田成之的中國經學史、兒島獻吉郎的中國文學通論，興趣完全轉到對中國古典的研究。他在各書的譯序中，談到過對中國衹有整理國故保存國故的口號、成績却不如日本的看法（中國古代文藝論史），談到過他要借翻譯來使人看到在被我們自己拋荒的文學園地裏，經別人代耕，而有怎樣一番禾黍芃芃的景象（中國文學概論講話），也談到過如本田成之對於孔子「别開途徑」的理解，可爲中國學者取法實多（中國經學史）。對中日學界當時情況的判斷，大概是他譯書的動機。據説他在一九二八年回國任教後，短短幾年就編出幾百萬字的書來，其中像中國文藝辭典、世界文學家列傳、中國語法講義等，有人説都涉嫌抄襲日人（彭燕郊那代人·關於孫俍工）。這也大可説明他心目中的日本學術，不光是漢學，何等優越。當然，他翻譯鈴木虎雄、鹽谷温的著作，按趙景深的説法，還是「對於中國文學的貢獻頗大」（文壇憶舊·文人印象·孫俍工）。

另外一位翻譯日文書極其勤奮的是王古魯。王古魯一九二〇年赴日讀的本來是英文系，一九二六年回國後也教過英文，但是他翻譯過的日本書籍，題材廣泛而雜駁，涉及小説與經史之學、語言文學、民族和對外關係，既有論述，也不乏考據。由於他對日本學界的追踪，與他對中日關係的觀察是聯繫在一起的，因此，他在一九三一年翻譯的田中萃一郎西人研究中國學術之沿革、一九三四年編譯的傅斯年等編著東北史綱在日本所生之反響、一九三六年編寫的最近日人研究中國學術之一斑，都在中國學界引起過强烈的反響。在他翻譯的文學論著中，最有名的恐怕就是青木正兒的中國近世戲曲史。吴梅早已表揚過他在翻譯中表現出的專業態度，即對青木正兒引書「無不一一檢校」，故「可爲青木之諍友」（序）。一九五六年他寫信給青木正兒，又説此書不僅獲得「我國各方面極爲重視」，還作爲「中文本」，與王國維宋元戲曲考等六種，入選蘇聯大百科全書的「中國戲曲」條目，説明譯作本身成了經典。而這一次的翻譯，大概也爲他後來到日本搜集古本小説、戲曲，最後成爲造詣頗深的中國文學史研究專家做了很好的鋪墊。

中國現代學術史也應該銘記這些譯者的功勞。

戴　燕

二〇一五年六月八日於復旦

作者簡介

著者

青木正兒（一八八七年—一九六四年），日本著名漢學家，文學博士，國立山口大學教授，日本學士院會員，日本中國學會會員，中國文學戲劇研究家。青木正兒自言少時就有「讀浄琉璃之癖」，在中學時代，喜讀西厢記等中國古典作品，「很覺中華戲曲有味」，在大學學習時代，致力於「元曲」的研究。他廣泛涉獵元曲選、嘯餘譜等曲學書籍，並對元雜劇進行了專門研究。一九一九年，青木正兒創辦支那學雜誌，並在該雜誌上發表以胡適爲中心的中國文學革命，是嚮日本介紹中國新文化運動及其中心人物胡適的第一篇文章。他還多次向胡適提供在日本搜索到的中國文學史資料。二十世紀三十年代，青木正兒就被中國學術界譽爲「日本新起的漢學家中有數的人物」，後更被譽爲「舊本研究中國曲學的泰斗」。

譯者

郭虛中（一九一二年—一九七一年），字展懷，號硯池、劍池，福建福安人，宗牒晉西汾陽。早年畢業於上海東亞大學國文科、中國公學大學部文史系，隨後東渡日本留學，入東京帝國大學，爲大學院文科研究生。在滬求學期間，師從著名教育家蔡元培、著名文字學家胡樸安、著名詞學家吴瞿安、著名歷史學家何炳松、著名文學史家趙景深諸先生。留日階段，受業於著名漢學家鹽谷温先生。自日回滬，先講席暨南、持志大學，時經鄭振鐸先生推薦，由王雲五先生聘爲商務印書館編輯、中山大辭典編纂委員。先後編著了白居易評傳、青年文學知識、殘餘集、展懷詩詞殘稿和參與編纂了中山大辭典，以及中國文學發凡（青木正兒原著）、文學研究法（丸山學原著）、中國繪畫史（中村不折、小鹿青雲原著）、交通經濟總論（增井幸雄原著）等譯著。

序

復旦大學趙教授景深以所箸數本見贈，余酬以拙作中國文學思想史，中國文學概說二書。其友汪君馥泉與門下郭君虛中皆曾游我國，甚熟日文，見而可之。汪君取思想史翻譯，郭君乃譯概說，易名發凡。余既爲汪君作敍，而郭君亦請爲敍。我國近數十年，歐學日隆，漢學頓衰；先賢遺風，殆至拂地。余從事斯學有年，雖未步廊廡，頗窺藩籬，尤潛心於曲學。嘗著中國近世戲曲史，流世已久，顧者無幾，然而中國則出鄭王兩家譯本，可見其不棄也。今又汪郭二君，各以所譯，將行禹域，眞乎德不孤必有鄰矣。余以異邦人論中國文學，固不免管蠡之見，唯其中若有一二可採，而他山之石，能爲攻玉之用，庶幾不負郭君迻譯之意乎！聞譯稿已付手民，心有所樂，乃綴數語，以誌余喜。

昭和十一年七月　　日本青木正兒識

近承著者惠賜此序謹此誌謝　　譯者附誌

譯者的話

此書是著者在去年秋間纔寫成的新作，字數雖然不多，但內容卻很充實，關於各方面都有週到而中肯的敍述。著者是日本現代研究中國文學的專家，尤其於戲曲方面，可以說是他特殊的成就。以前他著過一本支那近世戲曲史，嘗自許爲繼王國維先生的宋元戲曲史後的潛心之作，在彼邦極享盛名。所以此書對戲曲一門有更精到的分析。至於其第一章的語學和末章的評論學，也都是論述中國文學所不可少的門類，但我們近來所有的『文學概論』等一類書，似乎還很少及到這方面。假如要說到這本書的好處，則以這幾點的所得爲更多。

在每章末所附的『選讀書目』裏，我以爲有幾部書有補上的必要，謹列於此：

插圖本中國文學史鄭振鐸著

中國文學史新編趙景深著　○北新書局發行

中國文學進化史 譚正璧著 ○光明書局發行

中國詩史 陸侃如著 ○商務印書館發行

詞學概論 吳梅著 ○商務印書館發行

元明散曲小史 梁乙眞著 ○商務印書館發行

譯者識於東京 一九三六，一，七。

目次

第五章　戲曲學……一二四

中國文學發凡

第一章　語學大要

韓愈說：「人聲之精者爲言；文辭之於言，又其精者也。」（送孟東野序）文學的研究須從語言文字的研究出發，且不可造次離之，這是不消說的。然於其學術的研究是屬於一種專門的學問，這裏僅介紹其大要。

一　六書

名稱——象形——指事——形聲——會意——轉注——假借

所謂六書是關於文字的構造應用等的六種法則。其最早見諸文獻上者，在周禮地官司徒之屬保氏條舉為六藝之一種的「六書」名稱，但沒有列示其細目；於細目則必須依據後漢儒者之說，即如班固漢書藝文志舉「象形、象事、象意、象聲、轉注、假借，」周禮保氏條的註所引鄭衆之說裏有「象形、會意、轉注、處事、假借、諧聲，」許慎的說文解字敍舉「指事、象形、形聲、會意、轉注、假借。」這三者之間稱呼雖異，而義則一。說文之說，後世主用之，且各目的說明也只有說文上記載着，故後來言六書者皆本之。指事、象形、形聲、會意四種是文字的構造法；轉注則諸說紛紛不定，但我卻採取為文字的派生法之說；假借是文字的應用法。

構造法的四種中，象形是最原始的方法，指事、形聲次之，會意是最理智的。（甲）象形者，象自然物之形，表現於繪畫底的。例如日、月、山、水、鳥、魚、草、木、舟、車、目、口等字都由此法造成；這一看到周秦的篆書或刻於更古的殷代甲骨上的文字，確能感着物象善被單純化而有趣味。（乙）指事者，為表現抽象底觀念以符號示之，例如一、二、三、五、八、九、上、中、下等字，皆由此法作成。這類的字，以象形文字為基礎而加之以符號，所以達指事的目的者居多，如象形文字「口」之中加「一」為「甘」字，「一」是表示美味之物的符號；「木」的上部加一畫為「末，」下部加一畫為「本」之類皆是。

形聲和會意是把既成的文字合成而產生新字的方法。（丙）形聲者，用表現事物之形質性狀的文字添上可能表示其語之聲音的文字而造成的。例如以『可』發音之語，有河之意義的；有斧柄之意義的，前者的屬性是水，故在『水』字上添加表示此語之發音的『可』字而造『河』字；後者是木製物，故在『木』字上添加『可』字而造『柯』字，所以它一半是表義文字，一半是表音文字。此法因爲最簡便，故繁殖力旺盛，漢字中屬於這類的文字最多，若要舉出足以想見其繁殖之狀的一例，則如『䍃』（瓦器也）之形聲文字的『缶』是表物質，『肉』是發音符號，再把這形聲文字作爲發音符號而造出『謠』『遙』『搖』『瑤』『猺』『媱』『鷂』『飖』等形聲文字之類是也。（丁）會意者把兩個以上既成的字合體之，而從他們各字有意義的結合上使產生一個新義的方法。例如『祭』字是『肉』『手』『示』的合成，以手持肉而捧獻於神，即表示祭的意義；『集』是鳥棲於木之意；『牢』是牛居於屋下，即牛或羊的小屋；『婦』爲女之持箒者，『男』爲力田者，這就是本於婦主家事，男操耕作的觀念；『信』是以人言附着權威於道德上之物；『鳴』不過出自鳥口之聲；『吠』不過出自犬口之聲。像這樣的會意文字，因其造字法是說明的，故據此亦得隱約地窺知上古的思想生活等，不獨興味甚深，且作爲上古文化史的資料作用不少。唯是若不注意深透解釋會意的由來，則往往不免陷於牽強附會之弊。大凡文字的構造法已盡於以上的四種。

（戊）關於轉注，古來諸說紛紛莫定，取捨之間，必要極加愼重。二十年前我曾繙閱說文，沈思自得一說，以爲說文一書是用轉注法編纂的，然此說清江聲於六書說中已經道破，後得知專門學者間贊成者也不少，我執意取這一派之說。說文敍說：『轉注者、建類一首，同意相受，考老是也。』把這意思我們這樣地解釋：某一羣同類的文字是以其中某一字爲基礎漸漸派生着的，那些文字間都互有意義的連絡，如『考』『老』一類的文字就是這種解法，那恰如水出一源而展轉相注，似地稱文字派生的法則爲轉注。觀說文第八篇『老』部的冒頭述：『老考也。……從「人」「毛」「匕」。……凡老之屬皆從老。』（「從人毛匕」者，謂人毛匕三字之合成者也，「凡老之屬皆從老」者，乃與老字一類的字，於其字形上皆含老字之意。）其次有舉『耋』『耆』『考』『孝』等一類的字解說之，而那些字都保存着「老」字的意義底連絡，是即「建類一首，同意相受，」說文五百四十部都依這法則分類編次的。所謂轉注，畢竟是文字派生的法則，文字自身幷沒有叫做轉注字的，如「考」字可以說是從「老」字轉注來的字，但取出「考」一字，就不能夠說它是轉注的字，蓋「考」乃形聲字也。成爲派生之根源的文字，多屬於原始的象形、指事二種，若通觀說文的部首，就可以了解這點。例如從象形文字的「水」派生關於水的多數字，從「木」派生關於木的許多文字之類，其中也有從指事法的，也有從形聲法、會意法的。這樣，轉注由其結果看去是文字派生的法則，然而取新字製作者，則又是一種造字法，譬如當欲作形聲的字時，像「河」「江」「沅」「湘」等使之從「水」，這該解釋做本於轉注的法則的吧。

（己）所謂假借，是在有其語而無其字的場合借用和它發音相同的既成文字的。說文說：「假借者，本無其字，依聲託事。令長是也。」這定義是非常明瞭的，唯是所舉例的「令」「長」二字殊難了解，段玉裁解爲「令」的本義是發號令，「長」的本義是久遠之意，合起來借用爲官長之稱，這種解釋多被信從，但這與其說是文字的借用毋寧說是取「令」「長」的語言（不是文字）意義的發展變化吧。清朝的訓詁學者，普通稱假借的地方，大概僅借其字的發音，多不必意義上的連絡，我以爲這該就可以叫做假借，例如『朋』是鳳的古字，鳥名，但用之於朋黨的意義上的便是假借；『汝』字如其字形所示是川名，但用之於人稱代名詞的第二人稱上的便是假借，把『女』字用於第二人稱也一樣，因爲終竟是借其字音，所以不論『汝』『女』都沒有關係。在上古文字缺乏的時代，不得不多用假借，但漸漸地爲要和本字區別而稍改造假借字爲他字的也不少，例如『象』原是動物的象形文字，可是借用到形象的意義時，便作『像』字與動物的象區別；反之也有改作本字的場合，例如『西』原是鳥入於巢的象形文字，這是本義，但被借用在方向的西時，遂把本義的方面改作爲『栖』字。所謂形聲文字中，從這樣的關係造成的想當很多，例如『祖』『惟』二字，說文解爲形聲的字，而殷代的甲骨文字和周代的銅器銘文上都假借和它同義的『且』『隹』的字，這是假借字被改造於形聲文字的一證。周漢的古書裏，假借字甚多，如果不把它提醒，不照其字的本義解釋，則眞義便不能闡明，故清代的學者大致力於這方面，呈現宋明的學者所不曾夢想到的成績，他們所切戒的是把假借字以其本義附會解之，這是我們應當信奉的金科玉律。

以上已略解六書，但這究竟是以字形為主體而研究語源的豫備智識；至關於每一個文字，自不能不進及說文解字的研究；這書是斯學的集大成者，固然它當尚有不備之點。跟着近代考古學的興隆，刻於周代的古銅器的銘文和殷代的甲骨上的卜辭文字的研究很進步，所以有不少說文著者不知道的古文字被明瞭着，且訂正其謬，故現代文字學研究者甚受其惠。

二　訓詁

訓詁學的興起——義訓——形訓——音訓——清代訓詁學的進步——俗語的訓詁——（附）文法研究沿革概要——實用的文法書

訓詁者，解釋古語之事也。訓詁之學，周末已見其萌芽，及經過秦始皇焚書坑儒的大厄，至漢代古典的整理接着開始，於是這門學問大興盛了。最初出現的專門著述是爾雅，此書傳謂發於周公，經春秋戰國而至漢代漸漸增補的，但把它託於周公不過是寓言；實際大約是從春秋戰國時向漢代發展着的吧。其次有漢揚雄的方言，劉熙的釋名，許慎的說文解字，魏張揖的廣雅等，這些都現存着。

一般把訓詁之法大別爲義訓、形訓，音訓。

所謂義訓是基於用語的慣例古今語言的差異及本義轉義的分別等的訓詁方法。爾雅、方言、廣雅就用此法。爾雅成於十九篇，訓詁的樣式分二類：釋詁、釋言、釋訓爲一類，如說『初、哉、首、肇、基、元、胎、俶、落、權、輿，始也。』似地羅列同義的字總括下着解釋；釋親、釋器、釋宮、釋樂等十六篇爲一類，如說『善父母爲孝，善兄弟爲友，』似地把類似的字區別的解釋着。釋詁一類的釋法是原始的，釋親一類的釋法是進步的。其間著作的年代有前後，這當然可以想到。揚雄的方言是訓詁同義而比方言的字相異者，如說『黨、曉、哲，知也。楚謂之黨，或曰曉，齊宋之間謂之哲。』似地把方言的差異指明着。張揖的廣雅是效法爾雅的樣式。所謂形訓是觀察比較字形的文字構成法而訓詁者，說文解字主要就用此法。所謂音訓是基於同音或有相近音的語言互有意義上的連絡的見解，以同音或類似音的字而訓詁者，劉熙的釋名主要就用此法，例如說『日，實也，光明盛實也。』『雲，猶云云，衆盛意也。』等是。這種訓法若從語言轉義的法則去考察，不消說是合理的，但怕有易陷於牽強附會的傾向，例如釋名上音訓『天、顯也，在上高顯也。』說文上音訓『天、顛也。』照爾雅釋詁則顯者光也，顛者頂也。顯、顛兩字之間很難承認其意義的連絡，故現在這兩說中，假如那一方是正確，則別的一方必成爲附會之說。

訓詁學至淸代也顯著地進步，能用考證的方法精密地研究着。我們利用那些研究的結果，是最高明而有益的方策。如王念孫、王引之父子皆善錯綜驅使音訓義訓二法，劃古典讀法的一個新紀元。今試介紹其一端：例如老子五十三章中有『行於大道，唯施是畏。』『施』字魏王弼註裏解爲『施爲』——卽人爲的設施梗塞大道之中的意思；王念孫讀書雜志餘編改正之謂『施』與『迆』可同讀，迆乃邪之義，因而施也可解作同義，故此文之意是說『行於大道之中，唯恐其入於邪道』。若擧例證，則孟子離婁篇有『施從良人之所之，』趙岐註爲『施者、邪施而行。』丁公著註『施』音爲『迆』；淮南子要略篇有『接徑直施』，高誘註爲『施、邪也。』這是『施』與『迆』相通的證據。且韓非子解老篇釋這一章的意義有『所謂貌施也者，邪道也。』之語，這尤爲明證。（倘擧很多例證，此間乃取其大旨。）其次、論語陽貨篇有『鄙夫可與事君也與哉』之語，古來『與』字被解做『及』之意，梁皇侃的義疏上也解爲『凡鄙之人不可與之事君，』然王引之經傳釋詞卷一作『與』和『以』同樣，解爲『不可以事君』之意，他的證據是舉出唐顏師古匡謬正俗及文選東京賦李善註中引用論語此句都變『與』爲『以』，史記貨殖傳有『智不足與權變，勇不足以決斷，仁不能以取予。』三句是同樣的文法，『與』和『以』成爲互文等等。他還以他父親念孫之說『與』字也有和『爲平聲』（助動詞）『爲仄聲』（前置詞）同樣使用的場合爲例證。王念孫的讀書雜志，關於古典的訓詁，多正前人之誤或別出新見解。王引之的經傳釋詞，主要是研究虛字助字的特殊用法，且極多發明。

於古典的訓詁，我們今日得浴清代學者的餘惠，確甚幸福；然至近世俗語文學的訓詁還處於赤貧如洗的境遇。古時，唐顏師古的匡謬正俗中，曾討究若干俗語，例如其卷六關於以『底』字爲俗語，用作『何』之義：他以爲那是『何等』被省略而成『等』，『等』字的本音是『都在』反，轉音而成『丁兒』反，今人不詳其本，用以充當『底』（丁兒反）字，且舉其例證以釋之。這是學術底高超的訓詁。像這樣俗語的訓詁學，假如能夠盛大地發達起來，那麼我們是如何地幸福啊！其後，宋人的隨筆中，寥寥地有及於俗語的訓詁，但找不出便利的專著，明楊愼的俗言、方以智的通雅諺源篇等裏頭，聊遺存着這種業蹟。至淸翟灝的通俗編，曾集最豐富的材料，可是他是一位資料的蒐集家，於其訓詁殊不能令人滿足。同時代的李調元的方言藻是致力訓詁的佳作，惜所及不廣。淸末范寅的越諺集浙江地方的俚諺俗語而略加解註，爲一部有趣味的書，可惜非學術的。至民國章炳麟的新方言求現代方言的起源於古言裏，爲語言學底有價値的研究，但從今言直溯漢魏以前的古言，中間宋元明等的俗語研究太不接觸，這卻使我們不滿足。方毅的白話字詁雖非大著，而簡便適宜於初學。

玆試參酌諸書舉示俗語訓詁的一例：宋以來的俗語文裏，時常可看見的『恁地』（如是之意）之語，或用同音寫作『寧底』，是卽承受從晉代俗語中著名的『寧馨』（晉書王衍傳「何物老嫗，生寧馨兒。」）之系統的，用『底』以代替助詞『馨』，故宋人的瀨眞子卷二中釋『寧馨』曰：『寧作去聲，馨音亨，今南人尙言之，猶言恁地也。』又宋代的俗語『能亨』也和『寧馨』同音同義，『寧』『恁』『能』差不多是同音的樣子，因是方言藻中把韓退之詩『杏花兩株能白紅』

及唐子西詩『桃花能紅李能白』的『能』字看做和『恁』同樣，解作『箇樣』的，認爲不錯，把它解作『能紅』『能白』完全不成意義，要解作『如是白紅』時纔意義相通。這樣看來，俗語的訓詁是非常緊要的。

（附）文法　漢文法的重要觀點，是語的位置及虛字助字的用法。關於助字的用法，唐柳宗元答杜温夫書中曾把其文章的助字用法之錯誤給與提醒而教之曰：『所謂乎、歟、耶、哉、夫者，疑辭也。矣、耳、焉、也者，決辭也。』日本弘法大師的文鏡祕府論卷六設「句端」一項，把『惟夫』『至如』『洎於』『乃知』『況乃』『豈獨』『假令』『雖然』『豈令』『若乃』『唯應』『方當』『莫不』『何以』『可謂』等這些慣用於文章之句端的接續詞、副詞等分類列舉并說明其用法。此等當是文法史上可注目的文獻。至宋代，大別文字爲虛字與實字的事情產生了，南宋范晞文的對牀夜話卷二舉杜甫句，稱『萬里』『百年』『野花』『春水』『翠帷』之類爲實字，『人煙時有無』『蟬聲集古寺』『山雲低度牆』之類爲虛字。同時張炎的詞源卷下也論作「詞」（俗曲之辭）不僅疊用實字，且當間用虛字；用於「詞」上的虛字之例，舉出『正、但、任、甚、莫、是、還、又、那堪、能消、最無端、又卻是』之類。據此，則是以名詞、形容詞爲實字，副詞、動詞爲虛字。還有魏慶之的詩人玉屑卷三中亦幷稱『活字』『響字』『拗字』『實字』『虛字』之術語。後世文法上，虛字實字之別，普通已被成立。然南宋陳騤的文則中論修辭法，述助辭用法的重要，而不言及虛字。我以爲這虛字實字之說，該起於如上面的詩家之術語的吧。後世助字和虛字的界限頗曖昧，普通所知爲文法書之最古的明盧以緯的助語辭裏，也含着副詞，則虛字的一部分被看做助字。清唐彪的讀書作文譜卷七（文中用字法條）之虛字中也包含着『焉、哉、乎、也、矣』等助字。清張文炳的虛字註釋備考與劉淇的助字辨略之間，於其所整理的文字的品詞，找不出何等差別。要之，助字與虛字的文法底概念，因爲於其起源全無關係，所以纔現出這種現象。

把漢文法用西洋文法底品詞去分類的方法，是創自清末馬建忠的馬氏文通，現在普通皆用此法，但大抵總有勉強的地方。如果要專門的地研究文法，不消說是要立學術底理論，唯在實用底上面而言，將文法的組織大體應用英文法等的智識去自由理解，幷沒有妨礙，未必定要讀近時的組織底文法書。研究一語一語的文法底用法書很多，如清王引之的經傳釋詞、劉淇的助字辨略是較爲進步的。還有俞樾的古書疑義舉例，反王劉二家探究一語一語的用法，它是綜合古書上所見的特殊文法的用例，法則底指摘，多所發明；例如『上下文異字同義例』『倒句例』『錯綜成文例』之類，可謂高大而精密的。最後、讀戲曲小說等所必用的俗語文法，那就是現代的中國語，近時中國的語體文法書已有種種，如中國語法綱要、白話文文法綱要之類是也。

三　音韻

字音的組織——音韻研究的起源——唐宋元明音韻的變遷——古音——詞韻——韻的分類——切韻——注音字母

凡漢字的音，可以分解爲『聲』（紐）和『韻』。聲是發聲，韻是收韻，例如『漢』字的音 HAN 分解爲H（聲）AN（韻）之類。這法則從周代就已經自覺着了，那由於詩文上的押韻及熟語的構成上多用雙聲、疊韻之法的一點可以看到。押韻是於詩文中某二字以上用同韻的字使之諧和的方法；於熟語上的雙聲是雙並同聲的字，疊韻是重疊同韻的字。

（雙聲）蒹葭 CHIN CHIA　蜘蛛 CHIH CHU　流連 LIU LIEN

（叠韻）芄蘭 WAN LAN　蜻蜓 TSING TING　渾沌 HUN TUN

這是爲要求語音的諧調的美吧。詩經上甚多此類之語。『聲』音韻學上或稱爲紐；利用其得以分解每一字音之爲韻和紐的性質而創製的是反切法——即現出某一字的音上，借到和它同紐的字及同韻的字，以同紐字的紐與同韻字的韻之結合而表示所要的字音的方法。例如廣韻上有『東德紅切』，以『德』(TE)之紐與『紅』(HUNG)之韻相結合而得『東』(TUNG)音。

漢字的音，縱使是同一發音，而其中仍有音調的差異，這可以有四種之別，叫做『四聲』；這『聲』的意就是音調之義，把這四種音調名爲平聲、上聲、去聲、入聲，平聲再分上平、下平，故結果有五聲。其區別，依元和韻譜之說，有『平聲者哀而安，上聲者厲而舉，去聲者清而遠，入聲者直而促。』例如同一 TUNG 的發音字中，有東上平 同下平 董上 凍去 讀入 之別。關於四聲可注意的是一個文字以異其意因而轉其聲的所謂『發音』，例如『易』字讀入聲時爲「變易」之意，讀去聲時爲「平易」之意；其他如切斷入聲一切去聲善惡入聲憎惡去聲錯誤入聲舉錯去聲等，由入聲與去聲相轉，這是最要注意的。古典的註等之上取其意義特別要注意的字須記其該讀何聲，假如不知道這，就不能理解那勉強的註。或有於字的四隅附以符號表示四聲，卽東平董上凍去讀入爲一定的樣式。故「爲」平聲，助動詞；「爲」去聲，前置詞。專集這類字的書，有明張位的發音錄一卷。

音韻的研究是由怎樣的狀況發達着的呢？到漢代止，對音韻的智識尚未脫幼稚之域，所註的字音，皆舉示與之同音的他字，那裏有譬況、假借二法。（顏氏家訓音訓篇之說）例如許愼的說文中『臇讀若纂』『裾讀與居同』之類是譬況；鄭玄周禮註中『鄭司農云：黝讀爲幽，幽，黑也』之類是假借，前者祇示發音，後者舉假借字的本字而示音訓，同可爲此字。至魏朝，受梵語學的影響，孫炎提倡反切法；又李登著聲類十卷，以音樂上的用語宮、商、角、徵、羽五聲去分類文字的音調，開音韻學發達之端的，晉呂靜著韻集六卷，倣傚李登之法。及至齊梁間，新說崛起，以平上去入四聲代替宮商五聲的分類，齊周顒的四聲切韻，梁沈約的四聲譜爲其代表的著作。至隋，陸法言編切韻五卷，正前人之誤而集大成。唐天寶間，孫愐增補訂正陸氏之書，著唐韻五卷。以上諸書，今皆不傳，唯近年從燉煌發現出陸氏切韻的斷篇，歸藏法國巴黎國民圖書館，以及唐韻的一部分被發現而刊行罷了。到了宋代初期，陳彭年、丘雍等重修唐韻，名之曰廣韻，故後世亦呼之爲唐韻。其次、宋祁等再訂正而編集韻十卷。後來於國子監刊行禮部韻略五卷，爲科舉考試作詩賦時的標準韻。繼而毛晃、劉淵等有所增補。至元初，黃公紹又增補之，作古今韻會舉要三十卷。同時，陰時夫等編韻府羣玉二十卷。明初宋濂等奉勅編洪武正韻十六卷。清初張玉書等奉勅編佩文韻府百〇六卷。這些今日一併流行着。以上是用於作詩賦的韻書，各皆以平上去入四聲分類。

於宋代，在某種地方語言的發音裏似乎不用入聲的樣子，那好像是以北宋的首都汴梁（今河南開封）爲中心的北部地方；到元代，於這種地方，那現象愈成顯著，於是用失去入聲的三聲分類法的韻書出現了。南宋初紹興二年刊行的菉斐軒詞林韻釋二卷即是。此書著者不明，恐怕是北宋末葉的編著，清秦恩復及戈順卿疑爲元明間的僞作，近年發見宋版本影印收入隨庵徐氏叢書中，已無懷疑的餘地。次至元，卓從之的中州音韻一卷、周德清的中原音韻二卷，就繼承這系統而編的。所謂『中州』『中原』是河南地方。這些都因爲是作俗曲及戲文的韻書，故與詩韻有明顯的差異。

六朝以來，急於整理其時的韻，忽略研究漢以前的古音，故唐代的學者對詩經等押韻的字極冷淡，即使有和唐韻不合的字，也不介意，他們祇用當時的音讀，或用協韻的方法。例如詩經邶風燕燕詩是『南』和『心』押韻，唐韻則『南、那含切，』『心、息林切，』韻不合；所以有人主張把『南』讀爲『乃林切，』使與『心』協韻。至宋吳棫著韻補五卷，始蒐集古典韻與今韻不同的字，開古音研究的途路，但他還拘泥於隋唐以來的韻書，取與古韻不同的字轉韻而使之協音的姑息手段。明楊愼比之作轉注古音五卷等，增益吳氏之書，學者把這二家作爲古韻研究的權輿。至明末葉陳第著毛詩古音考四卷、屈宋古音義三卷，否定吳氏的協音說，主張古韻和今韻的不合是爲了本來古音與後世的不同，而樹立古音的根本底研究法。承其後，清初顧炎武著詩本音十卷、易音二卷、古音表二卷，研究更見進步，且正陳氏之誤。於是清代的儒者望風而起，古音之學勃然趨於隆盛，就中有權威者爲江永的古韻標準四卷，戴震的聲類表九卷，段玉裁的六書音韻表五卷，孔廣森的詩聲類十二卷等。這些古音的研究，在訓詁上於發見古典中假借字的本字等，實大有助；至對於文學上的大恩惠，是得正確地考慮詩經、楚辭乃至漢代詩賦的押韻。

文學研究上，現在有一種必須的韻書，那就是詞韻。詞是起於唐，盛於宋的歌曲之辭。詞的用韻，和詩韻曲韻都不同樣的一種特殊的東西。自唐至宋，不聞有編詞韻者，但如前述的菉斐軒詞林釋韻，推想它或者是宋葉之著。至南宋朱希眞曾編詞韻十六條，外列「入聲韻」四部，有謂張輯釋之，馮取洽增之，其書早已亡佚不傳。元末陶宗儀譏朱氏書之淆混，欲改定之，但未知已實行否。在明代也不聞有這類編著。至清因作詞復盛，其編著遂頻出現，仲恆的詞韻二卷，吳寧的榕園詩韻一卷，吳烺的學宋齋詞韻二卷，戈載的詞林正韻三卷等，卽是就中以戈氏書最爲佳作。這些書固然是以供作詞者之用爲目的而編的，然我們讀詞時亦必要參考之。

如上面所研究的韻，是怎樣分類呢？宋代的廣韻分爲上平聲二十八部，下平聲二十部，上聲五十五部，去聲六十部，入聲三十四部，合計二百零六部，這是踏襲唐韻的分類，實際上，中間甲韻和乙韻通用的非常多；於是宋劉淵出禮部韻略的增補本，合倂那些通用的韻而作爲百零七韻，因劉淵是平水人，故世稱平水韻。元之韻府羣玉再減一韻爲百零六韻，比來詩韻的分部皆依據之，仍稱之爲平水韻；清代的佩文韻府也採這個分部法。獨明初的洪武正韻大簡單之爲七十六韻，但不行於世；然事實上，當時標準語的韻之種類，應該是到了那樣簡單的吧。若追溯漢以前的古音是怎樣，依清儒的研究，則顧炎武分爲十部，江永分爲十三部，段玉裁分爲十七部，孔廣森分爲十八部等種種之說，總之都是簡單的。然而那是從後世調合古典押韻的字而爲歸納的研究；後世的所謂四聲，因無區別的被押韻，所以還更這樣地簡單區分。次降而宋元的詞曲韻怎樣？南宋朱希眞分詞韻爲十六部（每部分平上去三聲）及入聲四部。清人的詞韻研究，從宋代的詞上所押韻的字歸納分類之，因人而異說。戈載的詞林正韻分爲十四部（每部分平上去三聲）及入聲五部。宋之菉斐軒詞林韻釋，元之中州音韻、中原音韻各皆分十九部，每部區別平上去三聲，無入聲。照這樣看去，詞曲韻和漢以前的古韻也沒有多大差異，都頗簡單的，以此推想洪武正韻的七十六部之說，實際應是正確的吧。那七十六部是分平上去三聲各二十二部，入聲十部；若把入聲除外，則與中原音韻等的十九部無大差異。這樣，古韻和近世韻的分部，簡單是沒有關係的；中間僅隋唐的韻給分爲二百餘韻的事情，實不可思議，或者是當時音韻學興隆，專門的學者連細微的差異也區別了的緣故吧。

還有把字音依紐而分類之法。唐末僧守温定下爲此紐之標準的字作三十六字母；稱爲宋司馬光所著（有謂實是宋楊中修之著）的切韻指掌圖中示三十六字母如次：

	牙音	舌頭音	舌上音	重脣音	輕脣音	齒頭音	正齒音	喉音	半舌	半齒
全清	見	端	知	幫	非	精	照	影		
次清	溪	透	徹	滂	敷	清	穿	曉		
全濁	羣	定	澄	並	奉	從	床	匣		
半清半濁	疑	泥	孃	明	微			喻	來	日
次清						心	審			
全濁						邪	禪			

把這三十六紐爲標準，分配以同韻的字而立四聲之別，分所有的字爲十三種（謂之十三攝）。稱這樣的整理法爲『切韻』，又曰『等韻』。後來，元劉鑑的切韻指南分爲十六攝。至清末王小航等主倡而起現代音的整理運動。民國二年，教育部開讀音統一會，製注音字母三十九字，這是立腳於古

來的音韻研究上，定紐的標準音二十四種稱爲『聲母，』定韻的標準音十五種稱爲『韻母，』因爲要表白那些音，故筆畫極簡略，爲充當類似符號的漢字，畢竟是制定了中國獨特的ALPHABET。從聲母和韻母的結合上現一字之音，開始用四聲符號的記載，故於表現字音的方面是合理的簡便法。近來以努力求普及的結果，用者漸多。

本章選讀書目

○文字學形義篇一卷　朱宗萊撰　○北京大學發行

○文字學音篇一卷　錢玄同撰　○北京大學發行

以上兩書，概說語言文字之學而深得要領，爲初學入門之良書。

○文字蒙求四卷　清王筠撰　○通行本　○石印本

此書從說文中擇出二千餘字，分爲象形、指事、會意、形聲四部，因求便於初學，故略註文字之構造，先由此窺其大要，然後進而及說文，則便利頗多。

○說文解字註十五卷　清段玉裁註　○商務印書館國學基本叢書本　○石印本

○說文古籀補十四卷　清吳大澂　○商務印書館國學基本叢書本　○石印本

金文編十四卷　容庚編　○近刊本

甲骨文編十六卷　孫海波撰　商承祚校訂　○近刊本

爾雅義疏二十卷　清郝懿行註　○商務印書館國學基本叢書本

方言箋疏十三卷　清錢繹註　○浙江書局本

釋名疏證八卷　清畢沅註　○通行本　○經訓堂叢書本

廣雅疏證十卷　清王念孫註　○商務印書館國學基本叢書本　○石印本

讀書雜志八十二卷　清王念孫撰　○商務印書館國學基本叢書本　○石印本

○經傳釋詞十卷　清王引之撰　○影印本　○石印本

古書疑義舉例七卷　清俞樾撰　○商務印書館國學基本叢書本

方言藻二卷　清李調元撰　○函海本

○白話字詁一卷　方毅編　○商務印書館發行

○廣韻五卷　唐孫愐撰　○商務印書館國學基本叢書本

音學五書清顧炎武撰　○商務印書館國學基本叢書本

○六書音均表五卷　清段玉裁撰　○附刊段註說文解字中

○詞韻二卷　清仲恒撰　○詞學全書本（有石印）

○中原音韻二卷　元周德清撰　○影印本（與太和正音譜合刊）

（以後每章末皆附選讀書目，求簡要，不貪多。書名上加○號者，係初學所尤必須之書。）

（附）　檢索用書舉要

○康熙字典四十二卷　○商務印書館影印本　○石印本

○辭源正續編　○商務印書館發行

○經籍纂詁百六卷　清阮元撰　○通行本　○石印本

從古典之註拾集訓詁，以韻類別之，欲求明確知字訓之根據，此乃最便利而可信之書。

○中國人名大辭典　○商務印書館編刊

○史姓韻編六十四卷　清汪輝祖編　○原刊本　○鉛印本　○石印本

乃歷代正史上有傳者之人名索引。

○歷代名人年譜十卷　清吳榮光撰　○商務印書館國學基本叢書本　○鉛印本

列舉從漢初至清道光二十二年之著名事蹟及名人之生卒年月的年表。

○歷代地理志韻編今釋二十卷　清李兆洛撰　○李氏五種本　○商務印書館國學基本叢書本

○石印本

舉示古之地名在清代合於何處。必要時可參照清顧祖禹的讀史方輿紀要（百三十卷、商務印書館國學基本叢書本，石印本，）得知歷史底地理。尚有商務印書館編刊之中國古今地名大辭典亦必要備置。

○增補事類統編九十三卷　清黃葆眞編　○通行本　○石印本

子史精華百六十卷　清康熙勅撰　○通行本　○石印本

淵鑑類函四百五十卷　同上　○通行本　○石印本

這是一部搜集各方面的典故由事項而類別之的類書。

佩文韻府四百四十四卷　同上　○商務印書館影印本　○石印本　○影印本

駢字類編二百四十卷　同上　○石印本

右二書於尋找成語及檢索詩文的出典上極有用。前者用成語之下字探索，後者用成語之上字探索。

小學紺珠十卷　宋王應麟撰　○玉海附刊之　○津逮祕書本

專門拾集古典之書。

稱謂錄三十二卷　清梁章鉅撰　○通行本

從典籍中集纂關於人倫官職身分等之名稱。

通俗編三十八卷　清翟灝撰　○通行本（函海本不全）

類聚俚諺俗語，徵之於古書者，雖多非作意義之說明，然由其用例，大抵自可領悟。

越諺三卷附賸語二卷　清范寅撰　○通行本

○書目答問五卷　清張之洞　○商務印書館國學基本叢書本　○石印本

○四庫全目簡明目錄二十卷　清乾隆勅撰　○通行本　○石印本

對於研究事項而欲知有如何之書，不消說是必要依據書目的。右二書，初學者宜先備置。

八千卷樓書目二十卷　清丁仁編　○鉛印本

四庫全書總目提要二百卷　清乾隆勅撰　○商務印書館排印本　○石印本

此書向被尊重爲書籍解題之最完備者，對於每種書之價值眞僞等，討究頗可據。

○叢書書目彙編四册　沈乾一編　○醫學書局發行

欲知收於叢書中的書名之細目，此書頗佳。

第二章　文學序說

一　文學思想的發展

文之字義——儒家的文學觀——文學思想的覺醒——所謂文爲貫道之器——文章的經世底習氣——小說的輕蔑——戲曲的尊重——道家系的文學思想——古拙趣味——高蹈生活與文學——對於文學的儒家思想的善導

文者何？其語源是紋樣之義。說文謂：『文、錯畫也象交文。』是卽交錯線的象形文字關於殷代的文字，看字形，也得承認說文之說。易繫辭傳中亦謂：『物相雜，故曰文。』然周禮考工記說：『靑與赤謂之文，』禮記樂記上說：『五色成文而不亂，』其義則從線的交錯進展到色的配合。至易賁卦彖傳說：『觀乎天文以察時變觀乎人文以化成天下』這意義雖極被擴大，但還是屬於這個系統之義。其次轉而用於文字之義，例如左傳宣公十二年有『夫文、止戈爲武。』於文字的構造，武字說是止戈二字的合成者就用此義，蓋文字有從線的交錯而成的紋樣底性質之故吧。再轉而用於以文字相綴合的文辭之意，這點，釋名上說明得很好，他以爲文是集種種之綵而成錦繡，再集和它同樣的多數文字而成辭義的；例如國語中有『吾不如衰之文也』（韋昭註：『文、文辭也。』）者，就是此義。又一方面紋樣呈着美觀，故『文』字還有文飾之意；亦有稱語言之美化者爲『文辭，』左傳襄公二十五年中說：『仲尼曰志（杜預注：「志古書也。」）有之言以足志文以足言（注：「足猶成也。」）不言誰知其志，言之無文，行而不遠。晉爲伯，鄭入陳，非文辭不爲功。愼辭哉！』就是此義。其他也有把它用在禮法、法度等義之上的，但和文學沒有關係。

論語先進篇有孔子概評門人的長處說：『德行顏淵、閔子騫、冉伯牛、仲弓，言語宰我、子貢，政事冉有季路，文學子游子夏。』刑昺的疏中解文學爲『文章博學，』這是指廣義的學問，自然不是我們的所謂文學。還有論語學而篇孔子教弟子修學的方針說：『行有餘力，則以學文』這『文』字，馬融解爲古之遺文；鄭玄解爲道藝，但無論怎樣，這『行』和『文』是相當於先進所謂的『德行』

和『文學。』先德行，後文學，這是孔門之教，亦萬世所肯定的名言，可是錯誤其理解，以德行爲道德說，以文學爲文筆時，便起了道學的過信與文藝的蹂躪，使文藝不易擺脫道德的桎梏。故一直到後漢末季止，一般地生出離開道德就不能觀察文藝的觀念；文藝這個東西，唯其在道德的支配下不敢恣意逸脫，始有存在的價値，——這麼想的傾向勃盛了。周代的文藝傑作詩經與楚辭，不管其爲優美地達於純文學的領域，漢代的學者幷不想容易把它從道德說裏解放出來；不，他們還想要強捉住它嵌進道德的桎梏。瞧！這是多麼寃枉的事啊！詩本來是眞情的流露，而漢儒卻力說它是有益於教化世道人心的，由着這點，不可思議地文藝底作品竟成了道德學的教科書，詩經序上說的『正得失，動天地，感鬼神，莫近於詩；先王以是經夫婦，成孝敬，厚人倫，美教化，移風俗，……』卽是這種意向。楚辭的大部分是屈原幽憤之極的嘔血的大文字，而漢儒之註卻激賞其忠君愛國，以多不踰越『好色而不淫，怨誹而不亂』的道德範圍爲其最大的評價。

然而作家們就沒有那樣不懂情趣的思想。拜屈原的後塵而起的漢代賦家，已尊重文彩，向自己所信仰的方面邁進了。如被稱爲賦聖的司馬相如，於其品行，在道學上雖頗有可議；但幷不會累及其文筆上的聲價。於是儒者中也有善於文筆的人，就出了調協道德說與文藝的態度，其顯著之例，如後漢王充的論衡書解篇說『文儒』和『世儒』之別；以說經典的義理爲業者，目爲世儒；本於經典而以自己的意見去著作者，爲文儒，他自己便以文儒自任。於佚文篇中，他力說文之可貴，慨嘆世人不知蹂躪文錦於泥土中之可惜，也不知文人之可尊；而論文人的筆端有勸善懲惡的特權，能够傳之於世，故可尊。後漢時代，一般都在儒家思想的勢力範圍裏，文士還未宣告積極的獨立，如後漢末的文士徐幹，也於其所著的中論藝紀篇說：『藝者德之枝葉，德者人之根幹，二者不偏行，不獨立。……人無藝則不能成其德，故謂之野；若欲爲君子，則必兼之。』又說：『盛德之士，文藝必衆。』他主張借道德說的威光而後文藝纔可尊，且解釋『文藝』與論語的所謂『文學』略同義，幷不是如我們的所謂文藝。至於和他有交情的魏文帝的典論中卻道破『蓋文章，經國之大業，不朽之盛事。年壽有時而盡，榮樂止乎其身，二者必至之常期，未若文章之無窮。』爲文章吐萬丈之氣，呈示欲使文章卓然獨立的抱負；且謂『文以氣爲主』．立精神底活力是文的主體之論，一掃從來置文之本於德上的道義底見解。他的弟弟曹植於與楊德祖書中論文，還稍微漏出文乃小道的口吻。但總之，從這時候起，趨重文學的風氣次第開展，把文學從儒學裏分離出來的傾向也愈益發達了。到晉代，不忘記注重文之『理』——內容，陸機的文賦中也說：『理扶質以立幹，文垂條以結繁。』『文』是文飾，是外形底修辭——即內容的思想與外形的修辭兼備爲其理想。迨至宋以後的南北朝之世，盛長比文的內容還要注重外形的文飾的風尙，不獨於修辭的美，對文之音調的研究也顯著進展了，這固然稍有走於極端之弊，但也是文學受儒學虐待的前代的反動。當時文學鑑賞家之有名的梁昭明太子蕭統及其弟蕭綱於文章中立了可看做文學和不可看做文學的區別，蕭統之說，文選序上述着『老莊之作，管孟之流，蓋以立意爲宗，不以能文爲本。……至於記事之史，繫年之書，所以褒貶是非，紀別異同，方之篇翰，亦已不同。』這種見解足以代表當時的思想，中間自然有多少異論，但一般可明白地區別文學與道德。

至唐代也流布着大略同樣的思潮。到了中唐，獨韓愈復古，提唱道德與文學的本末說，立在陣頭指揮後進，其答李翊書中激勵他說：『道德之歸也有日，況其外之文哉！』他敍述自己治文章的大方針，露出他的信念『行之於仁義之途，遊之於詩書之源，無迷其途，無絕其源，終吾身耳。』他的女壻李漢敍其文集曰：『文者，貫道之器也。』這話最足以捉住韓愈的精神。唯是這種主張是他們一派專對文章的復古運動，於詩的方面雖然他們卻沒有律以道德說；況且大勢於文章也幷未被囚禁在道德說裏，唐及五代之間仍持續了純文學的風尙。至宋代，時代的思潮有顯著的道學底傾向，追韓愈一派之論者漸多，特殊在文章家之間，信奉經書，視爲文學的最高寶典而尊崇着，例如南宋末李耆卿的文章精義的文章論，滿溢着道學的臭味，這樣的見解，占了明淸古文家間的重要地位。

一種從儒家思想中流出來的文學思想，是經世的氣質。孔子之教，因爲是倫理教育學及政治學，所以儒學便以小之修身導人，大之治國家平天下的有用之學的觀念置立其根柢。上面所引論語先進篇的『德行』『政事』『言語』『文學』四科雖是各言其所長，但畢竟都必須以儒學貫穿之。所謂『言語，』有外交辭令底性質，與『政事』同爲實用之學，這二科影響於文學的，就是產生一種經世文學吧。漢代以來，開以策論取材之風，爲此等理論背景的，似乎儒家思想最多。而文學者大多數以做官爲目的，因爲要應科舉試，故先得研究儒家的經典，然後學策論及官吏上必要的文章，習詩賦。試驗的科目，固然應時代而有變遷，然大體都需取倫理學底、政治學底、文學底方面的教養，故文學者多是經過這般教養的人。考不成功而送一生於詩文三昧中的人不少；然一面做官從事政務，一面還留偉大的文學的人也很多。在這氛圍氣中的文學，有經世底氣質者，毋寧說是當然。詩賦另外，於文章上這傾向非常明顯，這是清初顧炎武主張『文須有益於天下』的所以然。其日知錄卷十九說：『文之不可絕於天地間者，曰明道也，紀政事也，察民隱也，樂道人之善也，若此者，有益於天下，有益於將來，多一篇則多一篇之益也。夫怪力亂神之事，無稽之言，勦襲之說，諛佞之文，若此者，有損於己，無益於人，多一篇則多一篇之損也。』這是代表硬派之說，對文學，這樣的見解可算有力。從像那樣的硬派看去，一切的遊戲底文學皆不受許可，如戲曲和小說，不得不爲怪力亂神，無稽勦襲，諛佞滑稽之文了。

硬派中最擯斥的是小說。那也有唐以來發達的文言體小說給看做可登雅人之賞，而宋以後的俗語體小說甚被輕蔑的傾向。例如明王圻編續文獻通考，因爲其經籍考「傳記」部中列小說水滸傳、三國志，致招後世學者的非難，清代欽定續文獻通考上刪之，這是著名的話柄。把水滸傳等列於傳記部，固然欠妥當；但古來的書目上收容俗語小說者極少，若不是非常好事家的藏書目錄，就不能够找出這類的書。明宮廷所編的大叢書永樂大典中竟編入很多的小說戲曲，這是值得驚異的事；可是以它爲基礎而編纂的清乾隆間的四庫全書，卻不收容一切的小說戲曲。戲曲還可以，如俗語小說，從硬派的主張，可以說幾乎不當做書籍去處置。民國初，姚永樸出文學研究法四卷，書名頗新鮮，但他把小說視爲有害風化，從文學的圈內排斥出來，戲曲也不接觸着。自然，古來作小說的人很多，讀者也常不絕，其刊行，皆敍說事實；然而看到作者多以匿名出其書於世的，大約還是畏懼硬派的非難，就是自己也有幾分被囚禁於儒教底文學思想裏。硬派對羅貫中之作水滸傳，恐嚇着說他用草寇之語來給人心以惡影響，天罰其子孫三代生啞子等等。（王圻續文獻通考卷一七七）又有實際底制裁，以紅樓夢爲挑撥青年的邪思之故而焚燬其板的地方官。（記得在清人的太上感應篇圖說上有之。）在這樣的監視之下，作者也不能發展其自由了。但是也有作窮末之策，或蒙上勸善懲惡的假面具而想要掩飾道學先生之眼目的同夥；硬派之稍寬大者，就以這點來容認小說的價值。至於近來小說被看做文學而得很高的評價，這是由於西洋思想的影響；不過，如張海鷗的小說閒話之類還想以移風易俗爲小說的精華的人也有。戲曲於元以來給視爲文學，獲到相當高的評價；然承認其價值的觀點，與其以爲劇，毋寧以爲韻文，如古來『唐詩、宋詞、元曲』幷稱，其曲辭是成爲評價的主眼。故硬派對戲曲的監視不獨頗寬大，且有進而利用其移風易俗底效果，企圖鼓吹其道德說於民衆的人。例如明成化、弘治間的邱濬，他是大學衍義補的著者，爲世所知的「朱子學」大家，但他卻做有數種戲曲，其中的五倫全備綱常記，如其題名所示，乃爲着教化人倫五常之道而作的，登場人物的名字也用如『伍典禮』的二子『倫全』『倫備』，友人之子『克和』等以發揮道學，但不消說人們決不拿高評價給這樣的作品。明王世貞的藝苑卮言也爲難它說：『五倫全備不免腐爛。』至於清乾隆間夏綸的新曲六種的戲曲，完全出於勸忠孝節義的人倫道德之意圖，然如此之作是例外，一般幷不少藝術底香氣高烈的作品，鑑賞家的批評眼也大體持着藝術底理解。「通儒」中往往有愛好戲曲的人，清毛奇齡著西廂記的註釋。王昶甚至勸人於科擧的用功上若讀牡丹亭則必及第，（張祥河關隴輿中偶憶編）此語尤爲痛快。

由來道德對藝術持着牽制性，藝術對道德持着抗爭性，故儒家道德動輒有牽制文學思想之進展的傾向者，蓋亦數之所不免也。可是道家的思想是虛無主義，是超世底，與人倫道德沒有交涉，於這意義上，道家思想并沒有受文藝抗爭的必要，於是以儒家道德的牽制爲煩累的文人，往往避難到這裏去。其顯著之例是魏晉間『竹林七賢』等的老莊派的文學厭世隱逸的文學，大概都持着老莊思想的傾向因而從道家思想流出的文學與儒家思想文學對立持着一種大勢力。從道家思想所誘導的文學思想之顯著者，是技巧的否定和高蹈底氣味二項，現在試將這些略述之：第一、所謂技巧的否定，就是排斥文飾之而愛素樸，道家從其虛無主義去否認美醜善惡的絕對性，老子第二章曰：『天下皆知美之爲美，斯惡已；皆知善之爲善，斯不不善已。故有無相生，難易相成，長短相形，高下相續，聲音相和，前後相隨。』這就是世俗的所謂美醜善惡非絕對底存在，恰和有無、難易、長短、高下、等互相對而生的現象同樣是相對底的。美醜善惡的觀念，究竟是因兩者的對照而別的，所以美善非獨不能認何等絕對的價值，且進而卻以美感爲損害人性而斥之。老子第十二章說：『五色令人目盲，五音令人耳聾，五味令人口爽，馳騁田獵令人心發狂。』這是否定世俗的所謂美感，鄙人工而欲保全天眞的，故又於其四十五章中說破人工不及於自然的祕奧說：『大巧若拙，大辯若訥，』莊子胠篋篇衍此義而謂錯亂樂律，破壞樂器，塞樂人之耳，然後天下人始能聽出眞音；消滅紋樣，放散色彩，毀繩準，棄規矩，然後天下人始能見眞的文彩，有眞的技巧，故曰大巧若拙。據此，則世俗的音樂美術是人工的美，眞的美乃存於天然的，是以若越加人工則怕越損天然純樸之趣，故莊子馬蹄篇謂不雕琢木材白玉就不成器物，不錯亂色彩就不成文彩，這樣損純樸而作器物，是工匠之罪。以如此的論法，文學藝術的發達，看去應該大受障礙的樣子，然實際幷不會，這思想的牽制文學藝術赴於徒追世俗的所謂美而以技巧爲事的弊病而善導之的一大理法。晉陶淵明的詩賦，當舉世趨於文字的技巧之時，獨體得此旨，於不言中實行純樸的保全。承接自齊梁到初唐的詩風陷於文的弊病之後，在盛唐中唐之交竟出了『詩不假修飾，任其醜樸，但風韻正，天眞全，即稱上等』（唐皎然詩式卷一）之論，這可以說完全傳承這思想的系統。這思想於宋以後的文藝思潮上漸成顯著，不獨文藝，且及於繪畫、書法，生尊重所謂『古拙』『樸拙』『生拙』等的旨趣之風。例如北宋黃山谷論詩曰『寧律不諧，而不使句弱；寧用字不工，而不使語俗，此庾開府之所長也。……至淵明……巧於斧斤者多疑其拙，窘於檢括者輒病其放。……淵明之拙與放，豈可爲不知者道耶？』（引苕溪漁隱叢話卷一）這是言古人拙處難及之說。同時陳師道的後山詩話說：『寧拙毋巧，寧樸毋華，寧粗毋弱，寧僻毋俗，詩文皆然。』這完全是道家底思想。南宋人的文章精義謂『文章不難於巧，而難於拙』云云，亦是汲此流之論。降而支配清乾隆以後的古文界的所謂桐城派之主張中，也有此種要素。這一派的先輩劉大櫆的論文偶記中說的『文之法，至鈍拙處乃極高妙之能事。非眞鈍拙，乃古之至耳。』卽是。以上面的數例，應足窺其大要。

道家的思想是超世底，因而信仰它的人們的處世態度，往往容易傾於高蹈主義，如莊子中所傳莊子的行動，是高蹈生活的標本，此風在魏晉間的清談家中，由道家思想之實行派的竹林七賢之徒大鼓吹之。高蹈的世界是從浮世的擾紛，個人的失意而生的苦悶的救濟所，因爲那裏是絕對允許獨善——個人底自由之故。然獨善底生活，於一面自覺意氣昂然的獨行之可靠，同時於其裏面又不能不稍感到孤獨的寂寞，爲着慰安這個徒然，於是高蹈主義者所取擇的對象中，往往給找到文藝，例如七賢中的阮籍、嵇康，便是輝煌於魏末期的詩文作家，就中嵇康且善音樂，兼工書畫。這樣，高蹈生活與文藝的關係影響於魏晉以來的文壇，遂至釀成文人氣質之重大的一要素，文人墨客多往往以高蹈自任，起了崇高處士之節的風氣。他們所爲風雅者，高蹈底氣味占着一席，溯其所由來，高蹈底道家思想當大與有力。固然高蹈底文士幷非都抱着道家思想，但高蹈主義的思想究是道家底；且高蹈生活不止騰沸享樂文藝的心情，亦能喚起增進產生文藝的活力，例如淸代小說之雙璧的紅樓夢與儒林外史的著者，同樣於其半生處幸福的境遇，晚年零落，及於高蹈，遂執此傑作之筆，儒林外史於其首篇和末篇描寫隱逸底人物以寄寓作者的心境；紅樓夢的發端述所作的由來，也頗滿含隱逸底氣分，那都是在其創作衝動的背後潛藏着作者的高蹈底氣味。

那樣所述，似乎可達於儒家阻礙文藝的發展，道家思想則促進之的結論，但決不如此。儒家之學，自漢代立於學問之正道以來，有時雖也有爲道家之學所抑壓，然概觀之，歷代儒家之學實占住壓倒底優勢。故持着指導文學的大力，雖不時有過於無需要的管束之傾向，但當文學往往走於放縱時能導之使不逸常軌的，是儒教。例如儒家說教人以詩經的本領曰：「溫柔敦厚詩教也。」（禮記經解篇）這是因詩經中的詩所作的時代是醇樸之世，所以現其柔美之風於詩的上面，故謂學之者便受其溫柔敦厚的感化。這觀念指導後世的詩論，往往以之戒作詩者。這於抑制詩人徒興奮弄激越的文字，或教戒徒事文字的修飾而不用意眞情的吐露之非等，導之於正道上的效果甚多。論詩者動輒曰：『詩人忠厚之旨』；『忠厚』是溫柔敦厚的約稱，『詩人』是指詩經的作者，然這是儒家教後世詩人的最尊貴的禮物吧，能體其旨的最傑出的作家是杜甫，他是產生儒家思想的第一個詩人，與生自道家思想的李白成好個對照。我們把儒家思想決不會阻礙文學之進展的證據，得先見於杜甫。

二　文學諸體的發達

詩文的淵源——楚辭與漢之詩賦——六朝的駢體文——唐之律詩——宋詞——戲曲——說唱——小說

——諸體沿革圖

文學諸體發達的詳況，述於以後各章，玆先總括底略敍之。中國文學史上現存最古的作品，是詩經和書經；前者爲詩之祖，後者爲文章之祖。然這二經所收容的作品之年代，是什麼時候？古來之說，以爲書經中的虞書不是虞舜時代的記錄，就是夏時代的記錄；夏書是夏代的記錄；商書是殷代的記錄；周書是周代的記錄，但近來學者間頗生疑問，以虞夏二書幷不是那樣古的東西，或還是周代之作，也有疑商書亦周代之作的學者。詩經古來以爲大體係包含從周初到春秋中葉之作，雖有把其中的商頌作爲殷代之作的一說，但這種錯誤已由近來的學者改正了。這樣看來，則二經原僅是周代之作。此外，刻於殷末期的遺物甲骨上的卜辭，淸朝末以來被發掘出，足供考古資料，但這欲謂爲文學，祇是非常簡單的實用文。又稱爲堯舜時代之歌等等，見於漢以後的書上之作有若干，然皆不足取的僞作。易經的經文，想係含與書經略同時代之文，但畢竟是占兆的文句樣的，不是可叫做文學之作。我以爲文章的起源在於記錄，現在殷代的卜辭也主要是卜王者的行動而留記錄的；書經是編輯頗進步的古記錄之書，故以之爲文章之祖，尤其中間的甘誓、湯誓、洪範三篇押韻着，文中押韻是帶有敍事詩底性質，那或是留於記錄之前某時間給留傳於口頭上；或是作者爲欲其文之傳播乃特加押韻，未能必斷定爲記錄以前的口誦之文。其次從春秋末期到戰國，如孔子的春秋及衍義之的左氏傳，起歷史底文章；孟子荀子老子莊子墨子管子等記思想家學說的議論文盛大地勃與了，其中最得文章之妙的是左傳孟子莊子三書。

詩在春秋末葉孔子以前中止其發展的樣子，孟子離婁下篇說：『王者之迹熄而詩亡，詩亡然後春秋作。』是即承詩之後而孔子的春秋出世。然當戰國的末葉，楚國屈原及其徒出，創了新體的詩，這好像從楚地的民謠發達來的，與詩經完全異體；詩是樂歌，這主體是讀式的韻文，世稱之曰楚辭。詩經所載的詩的地方，大約當現今陝西中部，河南山西南部、山東等處；楚辭則發生於約當今日的湖南湖北二省之地，前者是北方民族之歌，後者是與之異種族的南方民族之歌。像這樣以民族的差異，來了詩形的不同，楚本來是南方的蠻族，蒙被周之文化而開化的，但於詩體上還是存着地方底特色。於戰國末，南方的楚和北方的秦國勢最大，互相拮抗，然天下終爲秦所統一，致楚人恨徹骨髓，所以秦始皇死，陳涉項羽等皆起於楚之故地而滅秦，其次統一天下的漢高祖所起的沛（今江蘇沛縣）亦楚之屬地，這種興亡究竟是南人對北人革命的成功。乃至漢代南方文運興起，來了楚辭的盛行，遂發展向賦體，而其流及至近世。一方面楚聲——楚歌從漢初到武帝時甚流行，這爲着給予影響於前漢樂府的詩形上，故當時的樂府不少楚辭底詩形的。不用說，尚古底多法則於詩經的四言形者，且前漢的樂府包含諸國的民謠，連西域的胡樂也輸入着，似乎非常混亂的東西，這混亂的情態次第整頓起來，至後漢確立了五言詩形；從後漢末開始整理七言詩形，至六朝確立了。七言得推定爲繼承楚歌之系統的，五言的系統則不得想像。

前漢的文章，和戰國的文章沒有大變異，以承戰國諸子之系統的思想家之文與承左傳、戰國策等之系統的歷史家之文爲主體，文體也和前代同樣是質實的，故後世學古體文者，多求模範於前漢以上。迨及後漢，文體漸變，到了有整句格設對句而修飾的，此風至晉宋時更盛，遂於齊梁陳之間沈約、徐陵、庾信等出，完全整備其形式，成立了所謂駢體文。此體風靡唐代，句法上用四字六字以美句調，這比前代又趨嚴格，故謂之四六文。然於中唐時代，韓愈出而極力反對此風，柳宗元和之，韓愈率門下努力於前漢以前的古體文之復活，但以孤軍奮鬬，究不足以動大勢，及至北宋歐陽修、王安石、曾鞏、蘇洵、蘇軾、蘇轍等輩出，始達到這運動的目的。後世對駢文而稱這一派之文爲古文，稱韓柳以下八人爲唐宋八大家，以之爲此派的代表作家。從宋到明，古文大流行，駢文主要不過用於詔勅、上奏文等欲求典雅的公文及在民間的儀式底文之上而已，是非文學底文字，但從明末復挽回勢力，在清朝與古文一并盛行，多出文學底作品，甚至立了駢文八大家、十大家的名目。

詩也於齊梁之間由沈約等開始唱導韻律上的研究。這如前章所述，因魏晉以來音韻學興起，乃應用其學理於詩文上，沈約唱八病之說等，戒詩之韻律上犯此病的，應用這理論，於唐初成立了律詩的一體。所謂律詩，是成自五言或七言八句平仄、押韻及對句皆有一定的法則的。同時，與律詩的一半同形的詩體也發生了，這謂之絕句。併合這兩種曰近體詩，對之稱漢以來的自由形式者曰古體詩，恰如於文上的駢文與古文之關係。爾來古體近體平行，到現在還流行着。在唐代，古體的樂府不用作樂歌，僅行擬古之作，代之以絕句多作爲樂歌而用。絕句原爲四句，字數齊一，句無長短，但以之用作樂歌時，或因與樂曲的關係，句中稍生長短，開始取與絕句異別的形式。這變化約起於中唐，經五代及於宋漸漸增加了長短錯雜的種種詩形，遂稱之爲詞或曰詩餘。詞經元明清到現代皆作着，唯其作爲歌曲的實用漸廢，多數都不過依其詩形而作擬古底罷了。其次與詞同性質而得與之區別者，有叫做散曲的，這是元以來發生的東西，其詩形及音樂上與戲曲有密接的關係，恰是從戲曲割取其歌曲之一部分的體裁，詩形樂曲都和戲曲中的同樣，但其最初是當做單獨可唱的曲辭而作的。於其發達的途徑與戲曲本末的關係甚帶複雜性，遽難明白。元代以北方的歌曲而作的甚多，分之爲套數、小令，總稱亦曰樂府；至明代，依南方歌曲的較多，依北方歌曲的也不少，其詩形長短句錯雜，與詞極相似，但可以當做另外一種東西看。

可以名爲戲曲的東西，始於宋之參軍戲，然若追溯其歌舞底性質，則可遠尋其源於周代的舞曲。歌舞之稍帶劇底性質者，漢以來略能徵於文獻，但唐之參軍戲是從參軍和蒼鶻兩個脚色而成的滑稽劇，因爲有唱歌的形跡，故可以把它作爲最初現於文獻上的戲曲之始，此劇有流行到南宋初的形跡。至北宋，與之相別的雜劇發生了，這也是以滑稽爲主的，脚色增加四種，因而其戲底構造也成了複雜。至南宋，及與金的領域分爲南北時，南宋尙稱之爲雜劇，北方的金則呼之爲院本，這本來是同源的，但以南北分境，與時代一起漸生差異，尤其於音樂底方面極不同的樣子。元滅金後，對北方的院本實行一大改革，爲着要與從來的院本區別，乃至稱爲雜劇或傳奇，俗謂之元曲；及南宋亦爲元所呑倂，南方的雜劇呼爲戲文或南戲，或亦稱傳奇；從音樂上而稱前者曰北曲，後者曰南曲。宋金的雜劇及院本今僅得知其題目九百七十餘種，曲文則一種也沒有存留。元的雜劇遺存百二三十種，元的戲文遺存着七八種。元中葉以前，雜劇盛行而壓倒戲文，但後來戲文之勢歸盛，明中葉以後，相反地戲文壓倒雜劇，至末葉，元北曲系統的雜劇滅亡殆盡，所作僅有戲文。到清代止，稱為雜劇的所作不少，可是那只是呼戲文的小品而稱此名，并非元曲系的東西。戲文與雜劇非獨音樂相異，且形式完全不同，這詳述於後章。自清代中葉起，各地的土戲擡頭了，這在文學底，音樂底上面都是極野鄙的，但以投於時好，竟進出都市，總稱這些曰花部劇，對之而稱戲文系之劇曰雅部。後來花部漸漸壓倒雅部，至清末，花部極盡全勢，以及於今日。又有位於戲曲與小說之間的說唱，考其起源，是唐五代間有關於佛說的俚俗長篇敘事詩，敘述詩與散文交互錯雜的一種談話，近時其古寫本曾發見數種；然後世也有類似之者，稱之為佛曲，今亦在南方流行着。此外北宋末葉發生了叫做諸宮調的歌曲，這是湊集諸種調子的歌曲而作的之義，今其作品僅存二種。與之別種的歌曲，猶流行於民間，或合以太鼓唱之，或合琵琶三絃之類唱之，這二種流派到現在還流行着，是即鼓詞與彈詞。還有道士開始唱的所謂道情的歌曲，但這些於文學底價值大約都很低。

小說之成其體者，想係由於唐代。若尋其源，或得追溯周代的傳說及寓言俗說之類，唯「小說」的名稱出來的是在漢代。當時之稱為小說者，多係記道家或神仙家的不可思議之說的，但其書現已不存。這個系統的作品，六朝亦盛，有若干遺存着，大抵是雜錄種種神怪底事情的。此流後世不絕，著述甚多，呼之爲筆記小說或劄記小說。此外獨立成一篇的短篇小說，出現自六朝之時，至唐而盛行，內容也從神怪底向於人情底，呼之爲別傳體小說或傳奇小說，這究竟可以看做劄記小說的一項目擴大獨立的。以上兩種是文言小說，卽以文語寫的。口語體的白話小說，是從講談之類發達來的，唐代所謂『市人小說』之語，見於文獻，到宋代其存在愈成顯著。當時稱民間所流行的講談爲『說話』，它有四種分別，其中叫做小說的是人情話及怪談之類；叫做講史書的是歷史底講談，筆錄這些的話本，是白話小說的起源。從小說而發達短篇的小說；講史書一謂之平話，從它發達了長篇的演義小說；作爲其旁系，內容離開歷史物而寫世態人情等的作品也產生了。長篇以若干回分章之，近時稱之爲章回小說。白話小說至明清間顯著地發達了。

以上大略述文學諸體的發達，下面作其沿革圖以供便覽。關於歷代變遷的趨勢，也有系統等難明白圖示的，或年代不確定的，但大約由此可得知其概。（系圖中用點線的部分，表示其系統之中止；線終之處，表示其發展斷絕的時代。

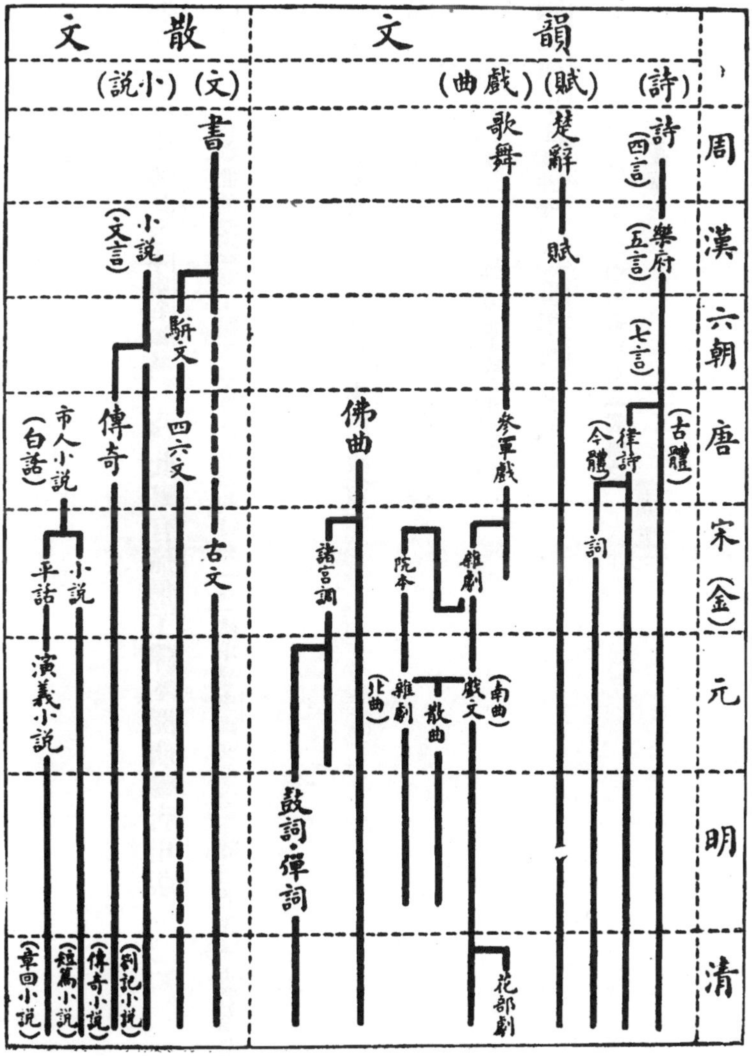
韻文
散文
（詩）
（賦）
（戲曲）
（文）
（小說）
周
漢
六朝
唐
宋（金）
元
明
清
詩
（四言）
樂府
（五言）
（七言）
律詩
（古體）
（今體）
詞
楚辭
賦
歌舞
參軍戲
雜劇
院本
雜劇
（北曲）
散曲
戲文
（南曲）
花部劇
佛曲
諸宮調
鼓詞·彈詞
書
駢文
四六文
古文
小說
（文言）
傳奇
市人小說
（白話）
平話
小說
演義小說
（章回小說）
（短篇小說）
（傳奇小說）
（劄記小說）

本章選讀書目

支那文學概論講話日本鹽谷溫著　（此書有孫俍工譯本，開明書店出版）

此書以小說戲曲的記述爲主體，不是亘全方面的，持此一册，欲求盡中國文學之概觀，恐將失望；但若捨名取實，則乃有益之書也。

中國文學史王夢曾撰　○商務印書館發行

中國文學史大綱顧實撰　○商務印書館發行

中國文學史曾毅撰　○泰東圖書局發行

中國文學史劉麟生撰　○世界書局發行

其他限某時代的文學史中，好書亦有，茲省略之。

第三章　詩學

一　詩經

詩之字義及分類——國風——小雅——大雅——頌——詩的年代——詩形——賦比興

什麼是詩？書經舜典說：「詩言志、歌永言，」詩經大序說：「詩者志之所之也。在心爲志，發言爲詩，」其義甚明；即詩是思想發表的機關。且於文字的構造上，「詩」「志」二字也有連絡。依說文，則「詩」的古體字是「言」和「之」的合成；「志」是「心」「之」的合成。說文看那兩字同爲形聲文字，「之」字當作發音符號；但明何楷的詩經世本古義，以「詩」爲會意文字，「之」解作行之義，這大約是詩經大序上有「所之，」故把「詩」字看做會意而下這定義的吧。無論在那裏去解釋，「之」「志」「詩」畢竟是同音，且有意義上的連絡；詩經大序的解釋最妙。

今日所傳的詩，有三百零五篇，（餘外，僅存篇名而失其辭者六篇）大別爲『風』『小雅』『大雅』『頌』四種。關於這分類法的標準，有種種異說。『風』是集諸國的民謠的，『頌』爲祭禮的樂歌，這差不多沒有異議。但於『大雅』『小雅』的區別，或解爲從詩的內容看，這類的詩是歌詠和王者的政事有關係的，乃因事之大小而區別之。（詩經大序）或作爲音樂上的區別，解小雅是用於饗宴的樂，大雅是用於朝廷會諸侯羣臣時的樂。（朱熹詩經集傳）或從文體上看，解爲風是敍述法用婉曲含言外之意的體，雅是明白正大地直言其事的體，把純然的雅體作大雅，雜風體者作小雅。（嚴粲詩緝）這三說是代表的解釋法，各皆有一理。唯是，從音樂上區別之說，幷無何等根據；從文體上區別之說，而大雅中也有數篇與風體相近的；從內容上區別之說，古來有反對論。試吟味詩各篇的意義，大雅多歌詠關於周之王室的事情；小雅多關於羣臣的事情，大體上，是由於事之大小輕重而別的吧。大小雅的作者，想大概是周室的臣下。詩經三百零五篇中，存風一百六十篇，小雅七十二篇，大雅三十一篇，頌四十篇。以下，從這分類敍述之。

風，者，集周南、召南、邶、鄘、衞、王、鄭、齊、魏、唐、秦、陳、曹、豳十五國的民謠。其地域，大抵限於渭水及黃河流域，不包含南方的揚子江方面，這該是爲着春秋以前，周室的勢力範圍，略被限制於這些地方的緣故。關於地理，後漢班固的漢書地理志，鄭玄的詩譜，宋王應麟的詩地理考，淸朱右曾的詩地理徵等，都很詳細。現在試把這十五國風分配於現今的行政區域：豳、周南、召南，恰當陝西的中部地方，與周室關係最深之處。起初周的祖先居於北方戎狄之地，至公劉，率部落南下而移於豳（今邠州）其後十世居此地。◎◎豳風就是這地方的民謠，但不是這時代之作，含着周亡殷後之作。這因爲破斧的詩上有『周公東征』之語可以知道。其中如七月詩，詠農民生活的年節所行之事，醇樸的風俗，如：見東山詩，詠周公自東山征伐三年歸來時的情景，極敍景之妙，這兩首詩，的確是國風中的絕唱。至公劉十世孫大王，又南下移於岐山之南，（今岐山縣附近）及其孫文王復移豐（今鄠縣東）乃分封其子旦及奭於岐而爲周公、召公。周南、召南是其地的民謠。把它稱爲『南』的原因，有諸說：詩經大序及後漢鄭玄的詩譜，謂周公、召公之治德從周召行布於南國之故；南宋朱熹的詩經集傳解爲雜周、召及南國的詩的；然與朱子略同時的程大昌之考古篇及王質的詩總聞，則把『南』解做與◎◎風雅對立的一種樂曲，但此說已經見於秦代的呂氏春秋音初篇上，并非始自程、王二氏。『南』

之字義，無論怎樣，乃南方漢水及揚子江地方的蠻夷之歌謠影響於周、召地方的是事實。周南漢廣詩中有『漢之廣矣。不可泳思。江之永矣，不可方思。』之語。召南江有汜詩中以江比妻，以汜比妾。或者是翻譯南夷之謠的東西也未可知。二南的詩，古來略看做周初文王及周公、召公時代的謠，想是詩經中屬於最古部分之作。諸篇被解爲是文王的后妃太姒之事或及於其德的現出。然而我們不要拘泥，把它當作醇樸的感情所呈現的民謠，而自由地去理解的好。其中關雎詩是述男女之美好的愛情之作，最受推重，孔子也評爲『關雎樂而不淫，哀而不傷。』（論語八佾）且嘆賞其音樂曰：『關雎之亂，洋洋乎盈耳哉！』（論語泰伯）其他大概多充滿和平之氣的素樸的歌謠。

屬於河南省的是王、鄭、檜、陳、邶、鄘、衛、宋八國。王是東周的王城，即洛邑（今洛陽）周幽王爲犬戎所攻而崩，其子平王從鎬京（今陝西長安）遷都於此，以後王權不振，威力和一國的諸侯無異，故把流行於王城的歌謠，與諸國同等幷列。其中如黍離、中谷有蓷二詩充滿悲哀；如兔爰詩歌詠極端的厭世思想；實是衰世之音。鄭今新鄭附近之地，山谷甚多，爲男女密會的好地方，風俗淫靡，故其風現於作品上，廿一首中十六首都是戀愛之歌，在這方面占着詩經中的首位。其音曲似乎也是同樣，所以孔子亦斥為「鄭聲淫。」但女曰雞鳴、子衿、溱洧等各篇，卻很有趣味。檜◎恰當今之密縣，和鄭相鄰接的小國。鄭桓公時滅而合併之，故其風俗類鄭，而為奢侈淫靡。其詩上有刺奢淫之作。陳◎今陳州附近之地，其俗信鬼神，好巫之歌舞。其詩如宛丘、東門之枌，皆詠男女聚會而歌舞，這應是那民風的映現吧。邶、鄘、衛三國是殷末葉所都的王畿故地，比王城，北為邶，東為衛，南為鄘。依近時考古學的研究，殷末期的都邑是在今安陽縣西五里的小屯村附近，故此三國，大約是河南省的黃河以北之地。這三國和鄭同為風俗最淫靡的地方，淫奔的詩不少，蓋殷之文化遺留着的緣故吧。唯是如邶風的燕燕、凱風，衛風的碩人等篇，是美底感情映現的妙品；如衛風氓是淫詩，但可以看做描寫鄉村姑娘的純情的一個短篇小說。宋◎今商邱附近，傳是周初封殷紂王之兄微子的國。詩經上無宋風，然「商頌」是此國的詩，因為祭殷之祖先而作的。其次，轉向西方而有秦。◎秦原是西方的蠻族，據今甘肅東境秦州附近之地，西周末幽王受攻於犬戎時，秦襄公率兵援救有功，及周遷都洛邑，乃賜以岐、豐之地，列於諸侯，是即移於陝西省。其俗質樸武勇，詩中多詠田獵征伐的事情，毫無鄭衛的脂粉氣，然亦不是偏重於武事，如蒹葭詩得敍景之妙，清代詩人沈德潛激賞為名人之畫亦不及之。（說詩晬語卷

上〕

屬於山西省的是唐、魏二國。◎唐今太原附近。其俗，上流的人思慮深沉，下層之民儉約，故詩上無淫聲，映現着厭世的快樂主義及死生觀，蟋蟀、山有樞二篇是前者；葛生是後者。◎魏今芮城附近因其地陿隘致民貧而儉約，故其詩與唐同調，多作厭世憂苦之語，如園有桃、陟岵、碩鼠等篇是也。

屬於山東省的是齊、魯、曹三國。◎齊今臨淄附近，其俗重實業，國富民好學，其詩一概沒有趣味。◎魯今曲阜附近，周公之子伯禽受封之地，故流行周公的理想，其俗好學重禮。詩經無魯風而有『魯頌』，這大約是其國重禮制樂而作頌，故不取其民謠而採那些的吧。魯頌的閟宮是模倣商頌的殷武而作的，以現於文句上者想去，則魯頌非對抗宋國的商頌而作的嗎？且在詩之音樂的保存上，魯國是大與有力，左傳襄公廿九年記吳季札往魯觀周之樂舞；論語子罕篇記孔子之言『吾自衞反魯，然後樂正，雅頌各得其所，』這可以窺知孔子將傳於魯的周樂加以整理的事情，故於詩上不取魯之民謠而編入『頌，』這不是對於他國而特別待遇的嗎？◎曹今曹州附近，因鄰接於魯，故有些受其影響似的，鳲鳩篇上詠着君子的容儀之正。

小雅所詠多關於周室的臣下之事，作者想就是這種人。詩經大序之說以來，在詩上立正變之別，正者，詩意和平，有樂治世之趣；變者，稱有憂苦之意，於出現不平之氣的亂世上的；前者想是大約在周初國勢隆盛的時代之作，後者想是時代漸降，因政治的紛亂而起不平之聲之作。這兩種的詩，國風上也有，大小雅上也有。國風除王風之外，都是諸侯方面的，所以對周室之治亂的關係很薄，而大小雅則所關甚大。於小雅上，不平的詩——變小雅甚多，約占其三分之二。可目為正小雅者，極多敍宴飲之事，鹿鳴、湛露、彤弓、賓之初筵、棠棣、伐木、魚麗、南有嘉魚、頍弁之類即是。朱子的集傳以小雅推定為饗宴用的音樂，就為着這緣故吧。其次，說出征之事的出車、六月、采芑等；說田獵之事的車攻、吉日等，其勢無不平之氣，可目為變小雅者，鳴政治上的不平之作，差不多占着大半；自節南山以下至小雅的終篇何草不黃諸篇，這一類的詩最多，如節南山、雨無止、巧言、正月，乃憤世之至甚者。至於勞王事，苦行役之作，比較少，不過四牡、皇皇者華、采薇、杕杜、北山等數篇而已。其他如憤讒者之巷伯，哀生活困苦而不能養父母之蓼莪，像這類述深刻之感情的詩也不少，最後從文辭上看，小雅比國風典雅，但往往有模擬國風中之作，或取其辭句的。例如小雅的南山有臺及采菽是模擬周南的樛木；小雅的頍弁是模擬召南的草蟲；如鄭風的風雨，小雅裏模倣他的甚多，菁菁者莪、隰桑、蓼蕭、裳裳者華四篇皆是。那些的敍述法，無論那一種都以小雅的方面爲進步，故當可解做基於國風的吧。取着辭句的，例如小雅出車的『喓喓草蟲，趯趯阜螽，未見君子，憂心忡忡，既見君子，我心則降。』（和召南草蟲詩第一章幾乎相同，僅稍變其下半耳。）『春日遲遲，卉木萋萋，倉庚喈喈，采蘩祁祁，執訊獲醜，薄言還歸。』（把豳風七月詩第二章的『春日遲遲，采蘩祁祁，』『有鳴倉庚』『公子同歸』等或取其原樣，或更改之似的）是也。是等現象，足以窺知小雅的作者大抵是周室之臣，當其作之時，有學於民謠之點。

大雅　正大雅之作多，變大雅少。正大雅中，最堂堂的是歌詠周王及其祖先的事蹟者，生民篇是詠關於周祖后稷生時的傳說的英雄神話底敍事詩；公劉是歌詠后稷的曾孫從戎狄之地南下遷豳的事蹟；緜是歌詠公劉的十世孫大王再從豳遷岐的事蹟，約略故事的地被敍述着。文王、大明、棫樸、思齊、皇矣、靈臺，皆詠文王的懿德偉業；下武、文王有聲，詠武王的功德；假樂、雲漢是贊美王之德。次於此等的，韓弈、江漢、常武是敍諸侯來朝王室；崧高、烝民是贊美王室賢臣的功績也有如行葦、既醉、鳧鷖的宴飲之詩。變大雅中，以言周之王權失墜將革天命而用以戒王的板蕩二篇，最爲代表之作。大雅比小雅，辭更典雅、莊重，蓋亦相稱其內容。

頌⊙是用於祭宗廟的樂歌，集周頌、魯頌、商頌三種。周頌最古，大約出於周初，但也有若干後來之作，其詩形成爲與風、雅相異的一種特別體，其用途，主要是以祀周之祖先及文王、武王等，並爲農事而祭神等的。商頌具備着模倣周頌而作的與模倣雅而作的兩樣。魯頌是模倣雅而作的。這些皆如國風項所述，主要是爲祭其祖先的樂歌；但如商頌之長發、殷武及魯頌的閟宮，則歌詠先祖的事蹟而具備敍事詩底性質，這是與大雅中的某一類同例，與周頌差異的所以然。

收集於詩經上的詩篇之年代⊙，爲最難確定的問題，雖然附於詩之各篇的小序上往往記之，但序亦不過一家的詩說，不足必信。後漢鄭玄的詩譜，唐孔穎達的毛詩正義等，亦載其推定之說。朱熹的詩經集傳，也考其有明徵者若干註之，然十中七八皆不定其世，這是避免牽強附會之說的最可敬服的態度。明何楷的詩經世本古義，考定作品的年代雖甚力，但附會最甚。清丁晏的詩譜考正與胡元儀的毛詩譜，各於古人之說有所考正，尤以後者爲佳著。清康熙年間勅撰的欽定詩經傳說彙纂，綜合朱熹以上之諸說，作作詩時世圖，一目暸然，非常便利。但把商頌看做殷代之作而謂其始自殷太甲之世的一點應該要訂正的。胡氏的毛詩譜上，分配詩篇於上自周初之文王，下至春秋中葉之定王，此說想當最穩當。文王之爲西伯，是在殷末紂王卽位之前，其死，在紂王二十年（西紀前一一三五）故若把詩之最古者作爲始自文王之時，則大略可以想到從紂王時就有的。諸家之考，以爲從文王至武王、成王時（西紀前一一三四——一〇七九）多正風正雅之詩，從康王至共王幾乎無詩，從懿王至夷王也很少，厲王（西紀前八七八卽位）以後變風變雅漸盛，自是至東周定王（西紀前六〇六卽位）的詩最多。

詩之若干，也有照歷史而得定其年代者，但大部分觀察詩意上所出現的政治之好壞，或爲盛世之音，或爲衰世之音而想定時代的居多，這就是本於所謂正變之考。此法在某種程度上可以認定，但欲詳細地取定，就不免陷於牽強。

其次關於詩形　句法每句以四言爲定格，中間有雜着多少二言、三言、五言、六言、七言、八言，但通篇純用四言以外的句法，或錯雜用長短句者，差不多沒有。至如陳風月出通篇純用三言，召南江有汜，魯頌有駜大部分用三言，召南行露大部成自五言，以及秦風權輿從二章而成，每章取三、四、六、三、四的長短錯雜之句法，這樣的例外極少數。一章的句數，一篇的章數，固然多寡不定，但可注意的是在一篇之中，各章的句數齊一者占大多數，例如周南關雎成自五章，每章四言四句；小雅四牡成自五章，每章用四言五句之類是也。那是當然可有的現象，詩皆附以曲調而爲歌唱的東西，然每章反覆同一的旋律而歌者，恐怕很多，故於詩形之多取這形式的，幷沒有什麽奇異。況且最原始底詩形，於其歌辭上，每章也取反覆疊用類似的言辭之體，例如周南樛木三章，即其典型的作品，玆示之如左：（字側的。表押韻處）

南有樛木　葛藟纍。之　樂只君子　福履綏。之

南有樛木　葛藟荒。之　樂只君子　福履將。之

南有樛木　葛藟縈。之　樂只君子　福履成。之

這三章完全一樣，僅變化押韻的字而已，對於這樣的術語，未有定着，淸姚際恆的詩經通論（論旨）呼之爲疊詠。現在姑借此語。疊詠不消說不是僅如上面的那樣單純的各章的言辭的變

化尙有複雜的，且雜着不疊詠的章也不少，但可統稱之爲疊詠體吧。此體於國風上最多，小雅次之，大雅與頌中極少。我草草計算，得國風一百五十篇中，此體一百三十三篇；小雅七十二篇中，此體四十二篇；大雅三十一篇中，此體五篇；頌四十篇中，此體二篇之數。此體的詩，一篇成自二章和成自三章者最多。茲示其大約之數：

(二章純疊詠體)——國風三十七篇——小雅一篇

(三章純疊詠體)——國風六十三篇——小雅十四篇——大雅一篇——頌一篇

(二章疊詠體一章非疊詠體)——國風二十篇——小雅四篇

這樣看來，此體以國風最多，故我以二章及三章疊詠體推定爲國風的典型底詩形，而結論之爲詩之原始底詩形。自小雅與大雅，非疊詠體的詩漸漸多起來，在這上面可以承認其詩形的進步。

然周頌卻取特異的詩形，其三十一篇中，無論那一篇都成自一章，不能够分章的，這該是爲着其音樂底編成法與風、雅相異的緣故吧。蓋風、雅的詩，可能分章，其樂曲也應合其分章，大約反覆用同樣的旋律；至於頌，則應是一篇用首尾一貫的旋律而編曲的。商頌中的三篇，與周頌取同樣的形式，其他各篇是分章式：魯頌都是分章式。但周頌上有本來分章式的，以各章的分裂獨立，遂至將其各章算做一章的詩，卽如周頌的昊天有成命、武、酌、般、桓、賚六篇，元來是名爲『大武』的一組舞曲之辭，後來纔分裂開的。此事依清魏源的詩古微（詩序集義）及近人王國維的觀堂集林（周大武樂章考）的研究上可以明白。魏源尚欲把清廟、維天之命、維清三篇當做一組的樂章。

詩的押韻是自由沒有法則的，但有力地於其中找出法則來的學者，清江永的古韻標準卷首的詩韻舉例與孔廣林的詩聲分例，丁以此的毛詩正韻等卽是。那些都是極專門的，故不介紹，茲僅舉一例以示押韻法之一斑。

周南　葛覃

葛之覃兮　施於中谷　維葉萋萋。　黃鳥于飛。　集于灌木　其鳴喈喈。
葛之覃兮　施于中谷　維葉莫莫。　是刈是濩。　爲絺爲綌。　服之無斁。
言告師氏　言告言歸。　薄汚我私。　薄澣我衣。　害澣害否△　歸寧父母△

（字旁附。者爲押韻的字）

第一章的『喈』，依毛詩古音考『喈音基』這大概是盛着古音，故與『飛』合韻。『萋』應該也盛着像『CHI』似的。依詩本音則第二章的『谷』臾的入聲，『莫』模的入聲，『濩』胡的入聲，『綌』區的入聲，『斁』余的入聲，皆同韻。六書音均表上把『谷』屬於別的韻部，不看做押韻。第三章，詩本音也看做每句都押同韻；但六書音均表以爲『歸』『私』『衣』同韻，『否』『母』屬於別的韻部，在一章中換韻者。依詩本音說『母』的古音是『滿以反』，乃與『否』協韻。

周禮春官宗伯曰：『大師教六詩，曰風、曰賦、曰比、曰興、曰雅、曰頌。』關於風、雅、頌，已如上述。至於賦、比、興三項，古來爲解種種，然我們推想是舉詩之敍述法的三樣式的。賦爲直敍之體，比與興爲比喻之體，這是衆說所無異議的。但關於比與興的區別，其說未有一定，現在若要避免去討論諸說的麻煩而舉其代表的論說，則唐孔穎達的毛詩正義，承漢以來之說；宋朱熹的詩經集傳，於『比』下了新解釋所謂『比』，例如關雎詩說：『關關雎鳩，在河之洲，窈窕淑女，君子好逑。』以雎鳩雌雄交鳴於河中之洲的狀態，比君子以窈窕的淑女爲佳耦而求之的意思。把那樣先舉比喻然後敍眞意之法稱爲『興』。關於『比』，孔穎達等解爲：如柏舟詩之『心之憂矣，如匪澣衣』似地，用『如』

等的字，而直接比二者者也。朱子之說，與他們相異，例如鴟鴞詩，文辭的表面只當作鳥語而敍述着，但裏面卻寓意周公輔弼成王的苦心，把這樣僅比喻的敍述而隱藏眞意者，謂之『比』。朱子之說，於傳統底上面有所非難，也未可知，然指摘出在詩經中用這類的敍述法者，有多少篇當與『興』體相區別，這不能不爲詩學上的一種進步。如孔穎達等當做『比』的是單用於詩中的一二句上的比喻法，這是缺乏重要性，且尤非提醒之論，故淸之魏源亦已痛斥其愚。

二　古體詩

前漢楚辭系的詩與樂府——五言、七言及長短句詩形的發達——鼓吹鐃歌與相和歌及其他——六朝及唐的樂府——古詩的押韻及作例

漢初的詩，好像有二個系統，其一是承繼周樂系統的雅樂的詩，一是楚聲的詩。據漢書禮樂志，則謂漢初的樂家有制氏，以雅樂的聲律世世在大樂之官，後漢服虔註之曰：『制氏，魯人。』；淸何焯之說，推定爲周樂傳于魯，故制氏承其系統。然禮樂志上還說高祖好楚聲，其妃唐山夫人所作的房

中祠樂也是楚聲。這兩個系統是被承認了的。制氏的樂歌，因沒有現存，故亦無由徵其詩形。當時楚聲的樂歌中，類似楚辭的三言句形之作，和同於詩經的四言句形之作，兩皆存在。三言句形者，是楚歌本來的詩形，四言句形者，或是受傳於魯的周樂的影響吧。如史記項羽本紀所載羽垓下之詠的『力拔山兮氣蓋世』云云一首，及高祖本紀所載的高祖大風歌一首，近於楚辭，與詩經完全不同，想係楚歌本來的詩形；但如留侯世家所載的當做高祖作的楚歌『鴻鵠高飛，一舉千里。』云云一首，與詩經同一詩形，想係周樂的影響。唐山夫人的房中祠樂十七首（載漢書禮樂志）中，『大海蕩蕩水所歸』云云，『安其所樂終產』云云，『豐草葽女羅施』云云，『雷震震電耀耀』云云，四首是三言形，其餘的十三首都是四言形。至武帝時，設立司樂府音樂的官署，採集民間的歌曲，製新曲，大興音樂，故後世稱樂歌曰『樂府。』當時所作的樂歌，現存中之主要者，爲漢書禮樂志所載的郊祀歌十九首，其詩形多四言形，三言形也有。房中祠樂及這三言形，是除去用於項羽等的楚歌上的無意義助聲『兮』，可看爲楚歌的一變；這亦是一種詩形被用在後來的詩上，能够證明它的一例：如郊祀歌中天馬篇，漢書載的『天馬徠，從西極，』通篇成於三言句，但史記樂書載有『天馬來兮從西極』云云四句，與項羽的楚歌同樣，結局不關於『兮』的有無，皆無礙其爲楚歌的系統。以上是觀察句法。然於章法如何？多存於詩經上的疊詠體這時代已不流行，又一篇中每章的句數齊一的編成法也看不出，到底和詩經的周頌同樣一篇一章的成爲普通起來。房中祠樂十七首、郊祀歌十九首，每首各爲一篇，且大概是短篇不分章，少無長篇而章法齊一的。唯郊祀歌的青陽、朱明、西顥、玄冥四篇皆成自四言十二句，以四篇順次詠春夏秋冬，成爲一組的樂歌；然史記樂書上說：『春歌青陽，夏歌朱明，秋歌西皞，冬歌玄冥，』這是示此四篇各自單獨使用，比之詩經，誠一大變化。

以上之外，作爲漢代的樂歌而著名者，鼓吹鐃歌十八首、相和歌十六首，宋書樂志載之，文選、玉臺新詠也載其多少，但大抵年代不明。詩形上可注目者爲鼓吹鐃歌，這是軍樂，不過也有若干採自民謠的樣子，句法長短錯雜，與別的樂歌的詩形大異趣。六朝的樂歌也有繼承這類句法的，唐人的樂府題底詩（擬六朝以前的樂歌之作）也繼承之。這樣的體，叫做長短句。更從漢到六朝，五言及七言詩發達了，即通篇以五言或七言的句而作者。古來當做五言詩之祖者，世稱文選所載之漢蘇武詩四首及李陵詩三首，但其爲僞作，古人已辨之。（文選旁證詳引諸家之論）當做七言詩的濫觴者，舉三秦記所載漢武帝與羣臣在柏梁臺所作的聯句，然清顧炎武的日知錄（卷二十一）中已考證其亦是後人的僞作。又、關於五言詩，玉臺新詠載有題爲前漢初期人枚乘之作的八首五言詩，但這八首和文選所載作者不詳的古詩十九首中者一致，以之爲枚乘之作，不足信，故本於可信的文獻而想，前漢時代不能承認五言詩及七言詩的成立。於可信的文獻上，若指摘成爲五言詩形的，則漢書李夫人的傳中所載武帝時李延年歌『北方有佳人，絕世而獨立……』六句的一首中間僅雜八言一句，其餘都是五言；漢書五行志所載成帝時的民謠『邪徑敗良田、讒口亂善人……』六句的一首，都是五言；這些是很少的例，其他無論那一種都是楚歌系或周樂系的。如漢書蘇武傳所載的李陵詩『徑萬里兮度沙漠，爲君將兮奮匈奴』云云，也完全是楚歌系，與文選所載稱爲李陵之作的五言詩有距離。五言詩該是至後漢纔發達的，文選的古詩十九首，不是一人一時之作，然皆是五言詩，宋書樂志所載漢相和歌十六首，也多五言詩，是等大抵是後漢的詩吧。七言詩或是楚歌系的變化，即在『□□□兮□□□』的『兮』字間塡上有意義的字，就產生七言之理。其過渡的狀況之可窺者，如唐山夫人的房中祠樂之『大海蕩蕩水所歸，高賢愉愉民所懷。太山崔，百卉殖；

民何貴，貴有德。」一首的上二句偶然成七言，下半仍是楚歌形的原樣；又如漢書烏孫傳所載烏孫公主之作的「吾家嫁我兮天一方，遠託異國兮烏孫王」云云六句，亦是楚歌形，但若除去「兮」字，就是成立七言詩；如文選所載後漢張衡的四愁詩四首，每篇成自七言七句，僅於其第一句取楚歌形外，其餘是純然的七言詩。一覩那些過渡之作，便略得推究其發達之跡。唯是七言詩形的成立，在魏晉以後；開始盛用者，則自唐以後。

房中祠樂及郊祀歌，皆典雅之作；鼓吹鐃歌和相和歌的方面，比前者多帶着民謠底色調而有趣味之作。鼓吹鐃歌世稱其文字上多訛誤，難解的歌很多，清譚儀著漢鐃歌十八曲集解，及王先謙的漢鐃歌釋箋正，皆爲註釋書；其義易通，不失爲千古絕唱者，應推戰城南、上陵、有所思三篇。相和歌上可注目的是多敍事詩，如艷歌羅敷行（一名陌上桑）、婦病行、孤兒行，是野趣豐富的好故事。相和歌以外的詩，後漢末的孔雀東南飛一篇，是罕見的長篇敍事詩，古今艷稱之。其他文選所載的詩，古詩十九首或評爲天衣無縫等列之神品。蘇武及李陵的詩也有僞作之疑，但實傑作，怕不下後漢。魏武帝及其子曹植諸作，阮籍、嵇康諸作，同多絕妙之詠。漢魏間的詩以氣骨勝，率直地發露感情，在不翻弄文字的技巧上有一種妙味。顧晉宋以後，漸漸傾向於修辭的方面，除了陶淵明例外，如陸機、潘岳、謝靈運等都趨於這潮流。漢以來，樂府即樂歌之外，如古詩十九首及李陵、蘇武的詩，同流行不伴樂曲的誦讀式詩，經六朝，與樂府共爲唐代所繼承而成了古體詩，或簡稱古詩。漢的樂府系統，到六朝止，都當做伴樂曲的詩而創作的；至唐，從音樂上的實用分離開，成爲誦讀式詩，單借其歌曲名以伴題，詩形不據原作，自由作之。如李白，樂府題上名作甚多，好用長短句體，極奔放痛快；如白居易，則作『新樂府。』還有不依六朝以前的古曲名，在任意的題名上添加『歌』『行』『吟』『引』『曲』『篇』等字，而新作曲名者也很多。那些畢竟如古樂府似地用可得歌唱的立意而作的。樂府題於七言詩及長短句的上面，比五言詩方面發達，這風氣，宋以後皆同樣。

古詩的押韻及平仄沒有定法，（故對律詩而稱格詩）一篇中各章的句數也不少參差不齊的，然其押韻法可以大別爲二種，即一篇到終純用一韻者稱曰一韻到底格，在一篇中若干次換韻者稱曰換韻格。在換韻格上，於語勢轉變或意義更易處換韻；自然，語勢和意義雖轉易，然不換韻者也不少，不過若要換韻則必在那裏換。又古體詩雖唐以後亦準古韻而通韻（通用唐韻分類上的某幾種韻）尙能許用。關於平仄法，淸初詩人王士禎著古詩平仄論，主唱古詩亦有平仄；其次趙執信著聲調譜，翁方綱著五七言詩平仄舉隅等以論之。下面將五七言古詩與長短句各舉一例以示其章法與押韻法。一句中也有口調，五言句分上二字下三字，七言句分上四字下三字，這是通例，後世的詩也依照那樣，但稍有上三字下四字之格，宋人的詩人玉屑卷三中稱之爲「折句」，如白樂天詩「大屋簷多裝雁齒，小航船亦畫龍頭。」之類是也。

飲馬長城窟行（換韻格）　文選作「古辭」玉臺新詠作蔡邕。

青青河邊草。綿綿思遠道。遠道不可思△夙昔夢見之△
夢見在我傍。忽覺在他鄉。他鄉各異縣△展轉不可見△
枯桑知天風　海水知天寒。入門各自媚　誰肯相爲言。
客從遠方來　還我雙鯉魚。呼童烹鯉魚。中有尺素書。
長跪讀素書。書中竟何如。上有加餐食△下有長相憶△

戰城南（換韻格）　漢、鼓吹鐃歌

戰城南　死郭北。野死不葬烏可食。
爲我謂烏　且爲客豪。野死諒不葬　腐肉安能去子逃。
外聲激激　蒲葦冥冥。梟騎戰鬬死　駑馬裴佪鳴。
梁築室　何以南　何以北。禾黍不獲君何食。願爲忠臣安可得。
思子良臣　良臣誠可思。朝行出攻　暮不夜歸。

江上吟（一韻到底格）　唐、李白

木蘭之枻沙棠舟。玉簫金管坐兩頭。
美酒樽中置千斛　載妓隨波任去留。
仙人有待乘黃鶴　海客無心隨白鷗。
屈平詞賦懸日月　楚王臺榭空山丘。
興酣落筆搖五嶽　詩成笑傲凌滄洲。
功名富貴若長在　漢水亦應西北流。

三　今體詩

沈約八病之說與律詩的平仄——律詩的詩形——唐宋詩風的差異

把律詩及絕句名做今體（近體）律詩之體至唐初沈佺期、宋之問二家被完成的。其源出於排律，排律體的詩，起自齊梁間顏延之、謝朓等初用六韻（一篇十二句的詩）後至用八韻（十六句）律詩縮少之，一篇爲八句。於律詩的平仄法（韻律）的整頓，以梁沈約主唱的『八病』之說任之。所謂八病，是平頭、上尾、蜂腰、鶴膝、大韻、小韻、旁紐、正紐八項，主要是指摘關於五言詩的聲韻上應該戒愼的缺點。對八病的說明，因大韻以下四項和平仄沒有直接的關係，暫省略之，就其餘的四項略作解釋。平頭以下四項，是規定在五言詩上，某處的字和某處的字不可以用四聲中的同聲的法則；卽那一方若是平聲的字，則他方須用上去入三聲中之一聲的字，而這些，就五言詩的一句中或二句、四句而論着。

下面把其忌同聲處圖解之。（○△符號表忌同聲處）

一、平頭
□○□△□□□
□○□△□□□
（例）
芳○時△淑氣清　「芳」平聲「時」平聲
提○壺△臺上傾　「提」平聲「壺」平聲

二、上尾
□□□□□○
□□□□□○
（例）
西北有高樓○　「樓」平聲
上與浮雲齊○　「齊」平聲

三、蜂腰
□□○□□□○
（例）
鷸獨自彫飾　「獨」入聲「飾」入聲

四、鶴膝
□□□□□○
□□□□□
□□□□□○
□□□□□
（例）
撥棹金陵渚　「渚」上聲
遵流背城闕
浪感飛船影　「影」上聲
山掛垂輪月

上面的例，「芳」字與「提」字，「時」字與「壺」字犯平頭病；「樓」和「齊」犯上尾病；「獨」和「飾」犯蜂腰病；「渚」和「影」犯鶴膝病。蓋此四病，欲於句中或各句相互間在詩律上重要的地方避免同聲的重複。

這法則，如何影響于律詩呢？當比較他而稍不妥當的，是論律詩的韻律者不分四聲，祇分平仄，（即以平聲爲平以上去入三聲爲仄）致同聲的標準稍有差異，姑不進去考慮這一點而觀察，於律詩也能守着平頭、上尾二項，但蜂腰、鶴膝二項，如未必爲病者，在其形式中犯之。下面示五言律詩的典型那裏有「平起式」和「仄起式」兩種，因其第一句第二字或起自平字或起自仄字，故有此稱。（以。示平字以•示仄字此通例也。）

（平起式）

一、	○○••○韻	首聯
二、	•••○○韻	
三、	••○○•	頷聯（對句）
四、	○○••○韻	
五、	○○○••	頸聯（對句）
六、	•••○○韻	
七、	••○○•	尾聯
八、	○○••○韻	

（仄起式）

一、	•••○○韻	首聯
二、	○○••○韻	
三、	○○○••	頷聯（對句）
四、	•••○○韻	
五、	••○○•	頸聯（對句）
六、	○○••○韻	
七、	○○○••	尾聯
八、	•••○○韻	

（七言律詩的場合，僅於每句上增加第一字第二字平仄相反的二字罷了。）

觀此，每聯的出句（前句）與落句（後句）的第一字第二字平仄相反，即不犯平頭；頷聯以下三聯的出句與落句的第五字平仄相反，即不犯上尾。首聯原是二句押韻，這方法是另外的問題，雖八病說亦不曾有此制限。蜂腰，於平起式第一句、第三句、第四句、第七句、第八句犯之，於仄起式第二句、第五句、第六句犯之。鶴膝，平起式或仄起式，皆於頸聯與尾聯之間犯之，但因爲是仄字，故以之分解爲上去入三聲而言，則未必限於犯。這樣想來，律詩的平仄法和八病說之間，該可承認其一派的連絡。

律詩如上面圖式所註記，頷聯和頸聯必須用對句，這也是繼承齊、梁以來的詩風而定格的。頷聯、頸聯（統稱中聯）之後，任意以同樣的形式重複增加之的體，叫做排律，又叫做長律。律詩說是基於齊、梁的排律，但彼此不是同體。其次絕句，六朝的樂府中已有此體，至唐而盛行，其詩形恰合律詩的半截，故有謂其出於律詩之說，然實錯誤。唯是唐代的絕句，其平仄法完全取則於律詩的半截，所以或把它看做律詩的一種，唐李漢編韓退之的集，把絕句列入律詩之部，便其一例。（文體明辯之說）律詩、絕句以五言及七言最普通，六言絕句稍亦有所作。律詩由沈佺期、宋之問完成的，於初唐，這二家是代表作家，沈佺期的七律尤爲巧妙。至盛唐，杜甫、王維、李頎、岑參的律詩與李白、王昌齡的絕句，皆被許爲長技，此體成了典型的詩形，與古詩相對峙，及於今日。就中如杜甫的律詩，後世多學之，元趙子常、虞集的杜詩選律，明邵傳的杜律集解等，都是特別選其律詩而註解之的書。

（律詩例）

古意　　唐、沈佺期

盧家少婦鬱金香韻　海燕雙棲玳瑁梁韻
九月寒砧催木葉　十年征戍憶遼陽韻
白狼河北音書斷　丹鳳城南秋夜長韻
誰爲含愁獨不見　更教明月照流黃韻

一般所謂『一三五不論，二四六分明』即第一、第三、第五字雖違背平仄的規定也不要緊，第二、第四、第六字必要守着法則。又有稱爲『拗體』的破格的。

唐與宋之間，詩風上有顯著的差異，這是一般地被承認的。南宋末嚴羽的滄浪詩話論其事曰：『唐人與本朝人之詩，未論工拙，直是氣象不同。』明人之唐詩品彙所引的詩法源流上說『唐人以詩爲詩，宋人以文爲詩。唐詩主達性情，……宋詩主議論云云』這是最明確的區別。還有明鎦績的霏雪錄上把唐宋詩風差異的條項，有趣味的對照着，即：

（唐詩）純　活　自在　渾成　縝密　温潤　鏗鏘

（宋詩）駁　滯　費力　飣餖　漏逗　枯燥　散緩

這各項都不是得當的分別。大概唐人的詩蘊藉，有輕靈之感，縱使有意義缺乏明快的，而氣分總能很好地體味出。然宋人的詩，條理方面太過露骨，乃受淺露之誹的所以然。唐詩猶如管絃樂，在若干斷續的調和上有妙味；宋詩好似獨奏曲在思想的貫通上有快味；前者典麗婉曲，後者素樸直截。這是時代思潮所使然的趣味的差異，不能加以甲乙。總之，是爲詩學上兩種不同的存在，故後世學詩者，各從其所好，或趨於唐，或歸於宋。從大勢看：元以來，反動底再返於唐風的氣運大興；至明，斥宋而專歸趨唐者極多，頓呈唐詩的延長之觀，一方面還有追溯漢魏者，但要不過尙古底模倣文學，缺乏時代性；至清卻又一反動，亦有起而提倡宋詩者，亦有仍奉唐者，亦有折衷之者現出複雜的狀態。

四　詞曲

詞的源流——長短句形的發展——詞體——詞趣——散曲——北曲——南曲——詞曲作例

詞，一名塡詞，又稱詩餘，爲伴隨音樂的歌曲之辭。關於此體的源流有二說：一、發於六朝樂府中的長短句者，明楊愼的升菴詞品、清毛奇齡的詞話、徐釚的詞苑叢談等之說是也。二、發於唐之絕句者，宋王灼的碧雞漫志（卷一）朱熹的朱子語類（卷百四十）清全唐詩（附錄）方成培的香研居詞麈、宋翔鳳的樂府餘論等之說是也。第一說、楊愼舉梁武帝的江南弄，僧法雲的三洲歌、隋煬帝的夜飲朝眠曲等，以其體和詞相近，而證其源流；徐釚舉梁武帝的江南弄、沈約的六憶詩；毛奇齡舉宋鮑照的梅花落、梁簡文帝的春情等以爲證據，然此說單以詩形的類似而下判斷，忽略考究音樂上的沿革。第二說、考於音樂史上的：宋王灼謂漢魏六朝的樂府至唐而絕，到其中葉有古樂府，但很少演奏的，不過是作爲詩的一體而作的；今之曲子（即詞）隋以來漸興，至唐稍盛。又謂唐代的歌曲，用詩的絕句，當時流行的竹枝、浪淘沙、拋球樂、楊柳枝等歌曲及李白的清平調之類都是絕句。舊說傳開元中王昌齡、高適、王煥之在旗亭飲酒時妓歌三人的絕句，這可以知道絕句還是普通地被歌唱着的。王灼雖說明宋代的詞是隋唐的新樂系統，唐代的歌曲是普通用絕句，但未曾明言兩者的關係。至朱熹則謂古樂府祗是詩，中間添入很多的泛聲，後來塡嵌實字於那泛聲上，遂爲長短句，那就是現在的曲子。所謂『詩』是指非長短句的今體詩，這從文意上可以明白的。所謂『泛聲』是僅有樂曲而無曲辭的部分。（宋姜夔白石道人歌曲卷一的琴曲古怨上，附曲譜於歌辭之旁，中間題爲「泛聲」的部分，僅有曲譜而無歌辭，是其明證。）淸全唐詩的編者及方成培、宋翔鳳，皆承以上之說的系統，斷定宋詞出於唐代的絕句。我也從此說。

試就現存的資料徵之，初唐、盛唐的樂歌，完全是五言六言七言的絕句形。除上面王灼所指摘的例之外，如初唐沈佺期、裴談兩人各有回波樂的歌辭，載於宋孟棨的本事詩上，即是七言絕句；盛唐張說的舞馬詞，載於唐書禮樂志的是六言絕句。其他如宋郭茂倩的樂府詩集所載的唐代樂歌水調歌、涼州歌、大和、伊州、陸州歌等，各皆以五絕或七絕幾篇排列之者，又如崑崙子特意地用王維的七律從岐王過楊氏別業詩的前半。至中唐，此風猶存，劉禹錫的竹枝詞、白居易的柳枝詞、王建的霓裳詞都是七絕。中唐以後，開始割裂絕句的某句爲三言二句的亂調，例如張志和的漁父詞五首，於七絕的第三句如『青箬笠、綠蓑衣』的割裂之，白居易的花非花於七絕的第一句及第二句割裂爲『花非花、霧非霧，夜半來，天明去』之類是。還有王建、韋應物等作的調笑曲取六言絕句的兩處增加二言二句的形式；顧況的漁父引，取從六絕失卻一句的形式。從附着於這樣式的絕句，產生種種的詞形，一方面復如朱熹之說，於樂曲上塡上字句也產生種種長短句的詞形。一向着這樣的機運，於是便生出使詩人任意作長短句而使樂人作曲於其上的事情了。像那樣，可以想到種種雜多的長短句形的詞，次第繁殖起來了。這種變遷照現存的作品去考察，是起於中唐，從晚唐至五代漸多複雜之形，至宋遂達其極。然稱爲盛唐時代李白之詞的菩薩蠻、憶秦娥、桂殿秋三首，見於宋人之書，爲長短句，古人往往有以此等爲詞調之祖者，可是這三詞都是傳來的不足置信，且如菩薩蠻，唐蘇鶚的杜陽雜編（卷下）謂此曲是宣帝大中年間女蠻國入貢時倡優始作之，乃始自晚唐之曲，盛唐的李白絕無用此曲以作詞，故在今日，中唐起源說一般被承認着。爲欲窺知這過渡的狀態，把與絕句關係不薄的詞形從中唐晚唐的詞中試舉其二三：

長相思　白居易

汴水流　泗水流　流到瓜洲古渡頭　吳山點點愁
思悠悠　恨悠悠　恨到歸時方始休　月明人倚樓

憶江南　前人

江南憶　最憶是杭州　山寺月中尋桂子　郡亭枕上看潮頭　何日更重遊

更漏子　溫庭筠

玉爐香　紅蠟淚　偏照畫堂秋思　眉翠薄　鬢雲殘　夜長衾枕寒
梧桐樹　三更雨　不道離情正苦　一葉葉　一聲聲　空階滴到明

溫泉子　司空圖

買得杏花　十載歸來方始坼　假山西畔藥闌東　滿枝紅

旋開旋落旋成空　白髮多情人更惜　黃昏把酒祝東風　且從容

晚唐的溫庭筠，不是單如上面的例，還有不少複雜的形式的。像那樣，長短句漸漸發展，遂成了宋詞。

依上面的例也可以知道詞是以成自前後兩篇爲通例，而前後的詞形同樣的很多；唯變更後篇第一句的句法者亦不少，如上面司空圖的溫泉子即其一例，這叫做換頭。還有前後篇移變處叫做過片，在那裏也有轉換意味的，但宋張炎的詞源謂那裏以不斷曲意，承上接下爲佳。實際像這樣說的格式也不少。詞是從如右例的短篇進至相當的長篇，自宋人的草堂詩餘分類爲「小令」「中調」「長調」以來，普通都用這區分。亦有就其界限去制限字數之說，然無定論。詞體到宋代有了非常的數目，清吳衡照蓮子居詞話中有謂「八百二十餘調，二千三百餘體」所謂「調」是樂曲，「體」是詞形，以同一的樂曲歌唱的也有取異樣之詞形的異體，這便是生出許多體來的緣故。對於那些調，即樂曲人們得任意作歌辭，偶爾也有知道爲其根原之作的，但原作佚亡，僅行做作的亦夥，致原作做作的區別不知者甚多。於做作上，把與原作取同樣意味的叫做本意，單用其樂曲作別的意味時，也有在調名之外附以題名，但不必限定。詞有如上面所說的許多體，因長短的句子錯雜着，所以誦讀的方面，不能如讀普通的詩一樣地簡單斷其句讀，必要合於其詞形而斷句，故初步爲着明白詞形，繙閱詞譜是必要的事情。詞譜本來是爲作詞的人提示詞形的工具，有種種的著述，我們可以利用它到誦讀的方面。最初宜先選擇斷句讀的書去讀，等到一把詞通有的某種句調讀慣了，那就會勞少功多。

詞因爲是歌曲之辭，所以比詩大概多豔麗含情之作。晚唐五代之間，豔麗的作風盛行，北宋初期亦承繼此風，中葉以後，張先、柳永二人通曉音樂，最煽此風。然這時一方面蘇軾以詩學作詞，用骨力來一掃豔冶之態。蘇軾以過於不懂音樂，故所作之詞以四聲之惡調受人非難，但這也成了一種勢力，其後至南宋，崇拜之者不少，遂開尊重豪健的一派。後世論詞者，稱張、柳之系爲南派，稱蘇之系爲北派。此外也有折衷派。不過一定要判然分派的事很困難，唯必須知道有這二流派好了。詞以宋代爲全盛期，至清又再振起，但他們究竟是擬古作，是死文學。

元朝以後，作爲詞之別流的散曲發達起來了。它的源流，想是發於詞，唯跟着時代的變遷，或變其曲調，或創新曲，遂成爲與詞分道而馳了。這種開始分歧的狀況，不得明白，從元初有北方所作的作品，若把元代的散曲大概是北曲等等集合起來想則不是起自北方的金而爲元初所繼承的嗎？但現存的散曲，以元朝之作最古，故不能把考察的眼睛追溯到金代。元代的散曲，其曲調上所用的與雜劇完全相同，其發達的歷史也呈示着與雜劇極有密切的關係，至於其本末則未能找出明確地可論定的資料。散曲大別爲『小令』與『套數，』元人通例稱之爲『樂府。』小令和詞的小令同樣是短篇的小曲。套數是連結屬於同一宮調的若干篇小令而構成的長篇曲。雜劇是在套數之間混雜賓白而構成的戲曲，但中間所用的小曲大概也比套數多。在構成套數及雜劇的小曲的連絡順序上，略有一定的慣例，這是從音樂上的組織而支配的。下面試把套數和雜劇的小曲連結法之一例比較之，所示是小曲的題名，叫做曲牌。

套數　（正宮）端正好……滾繡球……倘秀才……滾繡球……倘秀才……滾繡球……倘秀才……滾繡球……伴讀書……貨郎……叨叨令……三煞……二煞……一煞……尾聲……

——劉時中上高監司

雜劇 （正宮）端正好……滾繡球……倘秀才……呆古朵……倘秀才……滾繡球……

伴讀書……笑和尚……倘秀才……叨叨令……倘秀才……呆古朵……三煞……

……二煞……尾聲……

——關漢卿拜月亭雜劇

像這樣，套數和雜劇的編曲法是同樣的，唯其創作的目的及用途，套數單爲歌唱，雜劇則在舞臺上演的，故作風自有差異。小令不消說是構成套數雜劇的基礎，所以它的發生便成了這二者的先驅，於是套數和雜劇誰是先有的問題發生了。然現存的套數都僅是元初雜劇發生後之作，於雜劇也採用如右的編曲法的起源未明，故這種比較究竟難於得到新資料。

元代的散曲，僅是與雜劇同樣的所謂北曲系統的，未曾看見南曲系；及至明，跟着戲文盛行，與戲文保持密接的關係，而南曲系的散曲始發達，次第壓倒北曲系的散曲，這現象是雜劇和戲文的消長並行。如此，散曲有這兩種之別，因其音樂的不同而詞形也有差異，當讀它而知其詞形時，不能不用『北曲譜』及『南曲譜』，這在雜劇與戲文的場合也同樣。散曲從來給看做戲曲的附庸的也有理由，但若比較其文學底性質，則當可看做與詞一類吧。況且散曲之中，從詞流入而變化的很不少，於這點，把它看做詞的旁系或者還穩當。詞的研究資料，從來較爲被惠，主要者如明末毛晉編刊宋六十名家詞，降清秦復恩編詞學叢書，王鵬運編四印齋所刊詞，入民國朱祖謀編彊邨叢書等，比較易得，且供給豐富的資料。可是散曲集之通行者甚少，到最近漸向着這種氣運，以元之散曲集太平樂府、陽春白雪爲始，明之散曲集太霞新奏、新編南九宮詞、吳騷合編等的稀少本皆被影印而易得，特別可注目的是當今盧前、任訥二氏專注力於散曲研究，盧前編刊飮虹簃所刻曲四種，任訥編散曲叢刊十二種，而斯學之珍書出世後此當益興盛。

下面舉示詞及散曲的例子。詞曲一句的口腔比詩多樣，大要有四字句（二、二。）五字句（二、三。）（三、二。）六字句（二、二、二。）（三、三。）七字句（四、三。）（三、四。）八字句（三、五。）（五、三。）（四、四。）九字句。（三、六。）（三、三、三。）（五、四。）（四、五。）等口調。假如再分解之則結果可以說是從二字和三字的結合生出種種的口調，例如九字句的（三、六。）是（三、二、二、二。）的口調，（五、四。）是（二、三、二、二。）的口調。押韻普通是施於意義着落之句末，或亦施於其中途。

（詞）八聲甘州　　宋柳永

對蕭蕭暮雨灑江天　一番洗清秋。　漸霜風淒緊　關河冷落　殘照當樓。　是處紅衰綠、
減　冉冉物華休。　惟有長江水　無語東流。　○不忍登高臨遠　望故鄉渺渺　歸思難、
收。　歎年來踪跡　何事苦淹留。　想佳人粧樓長望　誤幾回天際識歸舟。　爭知我倚闌、
干處　正恁凝愁。

（詞）念奴嬌（赤壁懷古）　宋　蘇　軾

大江東去　浪淘盡千古風流人物。　故壘西邊　人道是三國周郎赤壁。　亂石穿空　驚
濤拍岸　捲起千堆雪。　江山如畫　一時多少豪傑。　○遙想公瑾當年　小喬初嫁了
雄姿英發。　羽扇綸巾　談笑間檣櫓灰飛煙滅。　故國神遊　多情應笑我早生華髮。　人
生如夢　一尊還酹江月。

（北曲）八聲甘州　元　鮮于伯機

江天暮雪　最可愛青帘搖曳長杠。　生涯閑散　占斷水國魚邦。　烟浮草屋梅近砌　水
遶柴扉山對窗。　時復竹籬傍　犬吠汪汪。　○向滿目夕陽影裏　見遠浦歸舟帆力風降。

山城欲閉　時聽戍鼓鼕鼕。羣鴉噪晚千萬點　寒雁書空三四行。畫向小屏間　夜夜停釭。

（南曲）八聲甘州（詠柳）　　明無名氏（載太霞新奏）

古道長堤。偏愛東君煖風恩義。青柔綠嫩　漏泄一春消息。長安陌上多少樹　惟您年年管別離　爲伊。牽惹閒是閒非。〇搖曳。遣行人似癡。把粧樓舞榭到處遮蔽。如絲如線　頓惹起萬端情意。新枝似學飛燕舞　細葉難描張敞眉。最宜。傍着小橋流水。

爲着比較上的便宜，故舉出詞及南北曲相同調的八聲甘州，南北曲之間的形式差不多同樣，但和曲則非常差異。念奴嬌一調，南北曲共存之，南曲與詞完全同形，北曲也略相同。關於韻，詞與南曲，平上去三聲通押，而僅別入聲者頗多；北曲則無入聲，入聲通押平上去三聲。

本章選讀書目

○詩學一卷　黃節著　○北京大學發行

○中國韻文通論　陳鐘凡著　○中華書局發行

前者述說從漢代至明代的詩史，簡而得要。後者概論詩經、楚辭、賦、樂府、古詩、近體詩、詞曲，甚便利，唯取捨不嚴，稍失蕪雜。

○詩經集傳　八卷　宋朱熹註　○通行本

用文學的立場去讀詩經，宜從朱子的註入手。漢鄭玄毛詩鄭箋，附會之說甚多，但進一步也有讀它的必要；那裏以參考清馬瑞辰的毛詩傳箋通釋爲便利。由王先謙的詩三家義集疏而立異說亦佳。

○歷代詩評註讀本　王文濡編　○文明書局發行

此書以古詩評註讀本、唐詩評註讀本、宋元明詩評註讀本、清詩評註讀本之名各單行之。若通覽這四書，則可以通貫歷代，且有略註，爲初學入門的適當本。

○古今詩選二十四卷　清王士禎編　姚鼐續編　○金陵書局本　○石印本

○昭昧詹言二十一卷　清方東樹撰　○鉛印本

○唐人萬首絕句選七卷　宋洪邁編　清王士禎刪　○商務印書館排印本　○石印本

清初王士禎編古詩選十五卷，選從漢至元的古詩；後來姚鼐選唐宋的律詩編今體詩鈔九卷，補前書之缺；今此二書合併通行。姚鼐的弟子方東樹著昭昧詹言，就王、姚二家書中的詩加以解說評論。方氏是文章家，他把論文的方法應用於詩的上面，雖毛色變易，但啓發處甚多，故參考此書而讀古今詩選，很有益。至於絕句的缺乏，乃由絕句選以補之。

○古詩源十四卷　清沈德潛編　○商務印書館國學基本叢書本　○石印本

○五朝詩別裁集八十卷　清沈德潛編　○商務印書館國學基本叢書本　○石印本

沈德潛編唐詩別裁集、明詩別裁集、國朝詩別裁集，皆分別通行，但缺宋元詩，故張景星補之，石印本是併合那些，極便利。古詩源是選漢魏六朝的詩，若和那些併合起來，則已盡歷代詩之大觀。書中有記載作者的略傳，沈氏的短評甚有益。文學史底讀詩法最好於這種意義上，與其取王士禎等的選書，毋寧取這一方面。

樂府詩集一百卷　宋郭茂倩編　○崇文書局本　○四部叢刊本

廣集從漢至五代的樂府。

唐宋詩醇四十七卷　清乾隆間勅編　○江蘇書局本、○石印本

選李白杜甫、韓愈、白居易、蘇軾、陸游六家的詩每篇加以評語。

○詞選胡適選註　○商務印書館發行

選唐、宋的詞，附作者的傳略，也有若干註釋，爲初學入門的適當書。

○詞林紀事二十二卷　清張宗橚編　○影印本

選自唐至元的詞，舉作者的小傳，從古書中搜集關於作品的文獻，極便利。詞中亦有斷句。

絕妙好詞箋七卷　宋周密選　清查爲仁　厲鶚箋　○通行本　○石印本

白香詞譜箋四卷　清舒夢蘭選　謝朝徵箋　○通行本、○石印本

前者僅選南宋的詞，後者選自唐宋至清的詞，於各箋上皆廣集關於作品的古文獻，是很有益的書。

三朝詞綜六十二卷　清朱彝尊編　王昶續編　○通行本

朱氏的詞綜，選取自唐至元；王昶續之，編明詞綜，國朝詞綜。三書原是分別單行，近刊本或亦有合併之，較便利。

○詞學全書十四卷　清查繼超輯　○石印本

內容爲塡詞名解、古今詞論、塡詞圖譜、詞韻四種。

○曲雅一卷　盧前編　○近刊本

選自元至清的散曲，加以斷句。適合於初學之散曲集，此外似無有者。

第四章　文章學

一　文章流別

文體分類法的沿革概要——古文辭類纂與文選的分類對照——文體溯源於六經之說

文章的流別論卽嘗試文體的分類的風氣，大約是起自魏之時的樣子。魏文帝的典論論文上說『文非一體，』且論『奏議宜雅，書論宜理，銘誄尙實，詩賦欲麗，此四科不同，』把文體大別爲四種。繼之，晉摯虞著文章流別集六十卷、志二卷、論二卷，（隋書經籍志云）這該是把文章從體上類別而集之，添加入當做附錄的文體論及其他的吧；此書久已亡佚，僅其流別論的斷篇十數條被引用於唐宋間的類書上而留存着，（淸嚴可均全晉文卷七十七中輯之）關於論詩、頌、賦、七、銘、誄、哀、碑各體之說，尙可窺知。次之，所編種種的總集，隋書經籍志上留着書名，那些恐怕也是從文體上分類的。這樣，文章之獨立底存在價值，畢竟是漸趨於被承認着的風勢。至齊、梁間，劉勰的文心雕龍分文體爲騷、詩、樂府、賦、頌贊、祝盟、銘箴、誄碑、哀弔、雜文、諧讔、史傳、諸子、論說、詔策、檄移、封禪、章表、奏啓、議對、書記二十一種而論之。梁昭明太子的文選分三十八體以集詩文，賦、詩、騷、七、詔、册、令、教、文、表、上書、啓、彈事、牋、奏記、書、移、檄、對問、設論、辭、序、頌、贊、符命、史論、史述贊、論、連珠、箴、銘、誄、哀文、碑文、墓誌、行狀、弔文、祭文是也，這是垂後世分類上的模範，但過於繁雜。降而稱爲唐人所編的古文苑分十九類；宋初勅選的文苑英華分三十七類最甚者，明徐師曾的文體明辨分一百一類。

至清姚鼐的古文辭類纂，重行整理，約之爲論辨、序跋、奏議、書說、贈序、詔令、傳狀、碑誌、雜誌、箴銘、贊頌、辭賦、哀祭十三類，這種簡要的分法，壓倒從來的衆說，而開始流行這系統的分類法了。姚鼐的弟子梅曾亮編古文辭略，於其師之說上增補詩歌一類。其後曾國藩的經史百家雜鈔，更整理爲著述門（著述、辭賦、序跋）告語門（詔令、奏議、書牘、哀祭）記載門（傳記、敍記、典志、雜記）三門十一類。曾氏的分類比姚氏更簡略，而所含卻廣，即姚氏把經書及史書之文除外，曾氏則包含之，一面本姚氏的分類而配合文選的分類，記其大要。

一、論辨　議論之文。例如賈誼過秦論、韓愈諱辨之類。文選的論、史論二類當之。

二、序跋　著述或詩文等的序跋。漢以前的序或在本書之後，或在本書之前，例如史記、說文等的自序在書之後，史記的十二諸侯年表序等在表之前。後世稱在前者曰序，稱在後者曰後序或跋。文選的序類當之。

三、奏議　臣下論政事而上奏君主之文。例如鼂錯論貴粟疏、董仲舒對賢良策、諸葛亮出師表之類。文選的表、上書、彈事、牋、奏記五類當之。

四、書說　以論說爲主的書信。例如司馬遷報任安書、韓愈與孟尙書書之類。文選的書、移、啓三類當之。

五、贈序　當着送別人時，以文贈之的風氣，唐以來至盛。又於人的慶事上也贈文。稱這些文曰序。例如韓愈送孟東野序、歸有光戴素庵七十壽序之類。文選中無此類。

六、詔令　君主的詔勅及臣下代君傳命之文。例如漢武帝求賢良詔、司馬相如諭巴蜀檄之類。文選的詔、册、令、教、文、檄六類當之。

七、傳狀　傳記行狀之文。大概把人們的事蹟私自記之者曰行狀，史官所記及準之者曰傳。例如韓愈贈太傅董公行狀、蘇軾方山子傳之類。文選之行狀類當之。

八、碑誌　刻石以示天下後世之文。例如李斯泰山刻石文、韓愈平淮西碑、柳子厚墓誌銘之類。文選分爲碑文、墓誌二類。

九、雜記　記事之文。傳狀、碑誌也是記事之體，但彼等多是記人的生涯或國家大事；這大抵是記載存在於人們的生涯的一局部中的事物的。例如韓愈新修滕王閣記、柳宗元遊黃溪記之類。文選中無此類。

十、箴銘　大抵戒己或戒人之文。例如張華女史箴、崔瑗座右銘之類。文選作爲箴、銘二類。

十一、贊頌　稱贊人的德及物的美之文。例如揚雄趙充國頌、夏侯湛東方朔畫贊之類。文選的贊、頌、史述贊三類當之。

十二、辭賦　楚辭及從之而出的賦和其他的韻文。例如屈原離騷、司馬相如子虛賦、封禪文，枚乘七發，陶潛歸去來辭之類。文選的騷、賦、七、對問、設論、辭、符命、連珠八類當之。

十三、哀祭　弔詞及祭死者之文。例如賈誼弔屈原文，曹植王仲宣誄，韓愈祭十二郎文之類。文選的誄、哀、弔文、祭文四類當之。

以上所舉之中，從論辨至雜記九類是散文，從箴銘至哀祭四類是韻文，中間雖也有多少例外，但大體這樣觀察總沒有妨礙。六朝人把韻文稱做『文』，把散文稱做『筆』，梁劉勰文心雕龍總術篇有這樣的定義：『今之常言，有文有筆以爲無韻者筆也，有韻者文也。』但後世這種區別漸廢除了。

關於文章諸體的淵源求之於「六經」之說，盛行於六朝以來。六經是周代的古典易、書、詩、禮、樂、春秋六種，但樂經已亡於周末，故除之稱爲「五經」。這文體淵源說，劉勰的文心雕龍宗經篇先倡之，北齊顏之推的顏氏家訓文章篇因而稍更改之作兩說對照表如左：

	文心雕龍	顏氏家訓	（備　考）
易	論說　辭序	序述　論議	恰當論辨、序跋類
書	詔策　章奏	詔命　策檄	恰當詔令、奏議類

詩	賦頌　歌讚	歌咏　賦頌	恰當辭賦、贊頌、詩歌類
禮	銘誄　箴祝	祭祀　哀誄	（文心）恰當箴銘、哀祭類 （家訓）恰當哀祭類
春秋	紀傳　移檄	書奏　箴銘	（文心）恰當傳狀、詔令類 （家訓）恰當奏議、箴銘類

爲什麼這樣想？關於這問題，文心雕龍僅略散見其意，不明瞭說明；家訓則一切不說明。以論說、辭序（序述、論議）爲出於易，蓋由於易經十翼中有繫辭傳、文言傳、說卦傳、序卦傳及論說易的理法。以詔策章奏（詔命、策檄）爲出於書，蓋因書經之文有典、謨、訓、誥、誓、命六體，「書經孔安國序（六朝人僞作）之說」其中誥、誓二體大抵是君主或其代理者告示臣下人民之辭，前者發於平時的詔令，後者發於戰時的詔令；命是君主命令臣下的，亦詔令之類；誥之中有重臣告政治上的意見於君主者，訓是重臣訓導君者，故此二種乃奏議之類。以賦頌、歌讚（歌詠、賦頌）爲出於詩，因爲那些是韻文，且詩經上有「頌」之一體的緣故。以銘誄、箴祝（祭祀、哀誄）爲出於禮，因爲儀禮士冠禮篇

載有祝辭，周禮春官上有大祝掌六種祝辭而事鬼神，大戴禮武王踐阼篇載戶銘、席銘等，又哀誄關於喪禮的緣故。但是箴於禮無關係，故顏氏家訓求其源於春秋，然春秋的經文上無箴，或是左氏傳襄公四年中有『虞人之箴』的緣故吧。以紀傳、移檄（書奏、箴銘）爲出於春秋，蓋春秋是歷史書，卽紀左氏傳中記載人們的事蹟，卽傳但左傳無移檄之文，故家訓改正其出之於書，這較適當。至於求書奏之源於春秋者，不明白是什麽緣故，這該如文心雕龍求於書爲適當。

二　辭賦

辭賦的分別——辭賦是讀式詩——楚辭的詩形——屈原——漢賦四派——賦底性質——賦底形體——從賦派生出的文體

辭是楚辭。漢書王褒傳中見『楚辭』的名目，後漢王逸註的楚辭章句，傳於今日。然六朝人稱之爲『騷』，文心雕龍及文選都這樣稱。楚辭是戰國末楚屈原所創作，賦是楚辭之流派，若比較其文體，則兩者同類，故漢書藝文志錄『屈原賦二十五篇』，把楚辭也看做賦。但屈原的賦主抒情，稱做他的弟子的宋玉之賦以下至漢代的賦，漸多主敍事，所以普通便立追屈原之風的抒情底爲辭，而以敍事底爲賦之說。現今所傳的楚辭，說是前漢末劉向所編的，稱爲屈原之作者占大部分，其徒宋玉之作及漢代之作收若干篇。稱爲屈原之作的，有九歌十一篇，九章九篇，離騷、天問、遠遊、卜居、漁父各一篇；招魂、大招二篇，或作屈原之作，或不然，沒有定說，唯招魂因史記屈原傳贊中看做屈原之作，故從此說者頗多。上面裏，卜居、漁父兩篇，清崔述考古續說（卷一）疑爲怕不是屈原自己之作；遠遊一篇，清胡濬源楚辭新註求確疑爲漢人之作，兩說皆具卓見。

屈原的出現開後來賦的發展之端，爲文學史上劃期底事實，已如第二章所述，這是爲創作和春秋以前的詩大異的文體。其顯著的差異，詩是爲着歌唱的樂歌，至屈原的賦，除九歌外都是讀式詩。尤其於詩經，最初也是當做讀式詩而作的，後來附以樂曲的存在着，這可被承認的。那在詩的一體上有叫做『誦』的，例如大雅崧高裏說『吉甫作誦，其詩孔碩，』小雅節南山裏說『家父作誦，以究王訩，』這些是把自己所作的詩稱爲『誦』。（吉甫家父乃作詩者之自稱）蓋誦是朗讀之意，與賦同義，漢書藝文志說賦之由來曰：『傳曰，不歌而誦謂之賦。』所謂『傳曰，』應該是引用古書或周代之說，果若是，則右之尹吉甫的崧高及家父的節南山，可想是元來以爲朗誦的詩而作的，此可認爲讀式詩的存在，但在詩的盛行時代，諒都從音樂上合併歌唱之。一方面從春秋時代的智識階級之間起了以詩脫離音樂而僅朗誦其辭之風，這在春秋左氏傳及國語中往往記着的『賦詩』的風習，列國間的諸侯或卿大夫當會見的定式上，互朗誦古詩一篇或一章，託其詩意以暗示自己的意念的一種禮，例如左傳僖公二十三年中所見的『公子賦河水』，國語晉語中所見的『秦伯賦采菽，公子賦黍苗。』即是。這風習不知道傳續到什麼時候，但使詩從歌唱而進於誦讀的方向的趨勢是可以想到的。漢書藝文志謂春秋之後，周室的勢力衰微，列國的諸侯卿大夫間不復行賦詩之禮，於是遂起「楚辭」。但賦詩的終熄與「楚辭」的興起之間，找不出因果關係；唯是可以想到因這禮儀的賦詩智識階級間釀成朗誦詩的風尙，這風尙持續到戰國時代，乘這風勢發生了屈原的讀式詩。至於屈原創造出與舊來的詩相異的新詩形，那想是本於南方民族特有的語調或是從楚國的民謠發展的。玆試說其詩形。

屈原所用的句法之基礎底形式，凡四種：

(甲)(一)□□□兮□□□　(例)被石蘭兮帶杜衡，折芳馨兮遺所思。(九歌山鬼)

(二)□□□兮□□　(例)捐余袂兮江中，遺余褋兮澧浦。(九歌湘君)

(乙)□□□○□□兮　(例)朝飲木蘭之墜露兮，
□□□○□□　夕餐秋菊之落英。(離騷)

(丙)□□□□　(例)出自湯谷，次于蒙汜。(天問)

(丁)□□□□　□□□些(例)天地四方，多賊姦些。像設君室，靜閒安些。(招魂)

甲式想是南方民謠的原始形，僅九歌用此句法。乙式可以看做出自甲式而變化者，卽用有意義的接續詞『之』『而』等去代替連結甲式的上三言與下二言的無意義的助字『兮，』而於前句之末用『兮』以連結前後兩句，這裏得認爲詩形上的進步，離騷及九章中的七篇屬於此式。九歌，古來的通說以爲屈原改作楚土俗底祭禮歌舞之辭的，果若是，則其詩形恐怕是襲用民謠的原形；離騷、九章和它有連絡，而取更進步底詩形者，就暗示着其所本。故以上兩種，不憚推定其爲南方民族特有的句調，其基本得看做三言調。丙式與詩經用同樣的句法，這應是北方句法的影響，天問及九章中的懷沙屬之。丁式可以視爲北方底四言調與南方底三言調的倂用，招魂及九章中的橘頌屬之，有說爲屈原之作的大招也是此調，唯於每句末的助字有招魂用『些』，橘頌用『兮』，大招用『只』的差異。關於章法，大概都很整齊，普通一章成自四句，偶爾以六句成一章等亦有。其押韻，以一章當做四句，普通是用於第二及第四的句末。偶亦有連四句都押韻的章。明陳第的屈宋古音義，是研究古音，清蔣驥的山帶閣注楚辭是研究押韻。下面將甲式及丁式各舉一例以示章法與押韻法。

雲中君（九歌）

浴蘭湯兮沐芳。　華采衣兮若英。　靈連蜷兮既留　爛昭昭兮未央。
謇將憺兮壽宮　與日月兮齊光。　龍駕兮帝服　聊翺遊兮周章。
靈皇皇兮既降。　猋遠舉兮雲中。　覽冀州兮有餘　橫四海兮焉窮。　思夫君兮太息　極
勞心兮忡忡。

橘頌（九章）

后皇嘉樹　橘徠服兮　受命不遷　生南國兮
深固難徙　更壹志兮　綠葉素榮　紛其可喜兮
曾枝剡棘　圓果摶兮　青黃雜糅　文章爛兮
精色內白　類任道兮　紛緼宜脩　姱而不醜兮
嗟爾幼志　有以異兮　獨立不遷　豈不可喜兮
深固難徙　廓其無求兮　蘇世獨立　橫而不流兮
閉心自愼　終不失過兮　秉德無私　參天地兮
願歲幷謝　與長友兮　淑離不淫　梗其有理兮
年歲雖少　可師長兮　行比伯夷　置以爲像兮

屈原的傳見於史記列傳及劉向新序節士篇中國的詩人見知於傳記者以他爲最古，且其優美的作品亦多遺存着，所以崇拜他爲文章家的鼻祖還好吧。然史記之傳文，敘事有不合理處，且他的姓名不見於秦以前之書，故司馬光的資治通鑑便不採用屈原的事蹟。近時胡適氏草讀楚辭一篇，懷疑屈原的實在，惹起學界的注意。史記之傳，有幾個地方想是文筆混亂着的，那或依據新序之文而訂正，或把其文的一部分他移，以此就得剷除不合理的。這裏沒有討論那些的餘裕，但我們也不必要疑其實在，況屈原死後百年，不是有漢初賈誼所作的弔屈原文現存着的嗎？傳謂屈原旣抱大才，終被讒言不用於楚懷王，至頃襄王時，放逐郢都，徬徨于沅湘之間，幽憤已極，遂投身汨羅江而死。其不遇不平、憤懣憂愁所產生出的就是他的賦。他本來是豪華思想的所有者，是富於空想而多情多感的熱狂底詩人。其辭藻的絢爛富贍，和詩經的質實大異趣；溫柔敦厚是詩教，而他卻以慷慨激越興牢騷文學之派，故後世多愁的文士，往往向他的作品中去求安慰，如唐之柳宗元亦是其一人。但如他的弟子宋玉，仕於楚頃襄王，以作如倡優的遊戲文字爲事，其做效師風的九辯，是如朱子評爲無病呻吟的。

在屈原的稍後，齊國有荀卿，晚年遊楚，考烈王時爲蘭陵令，受楚國文學的影響而作賦，荀子的賦篇、成相篇卽是。其詩形以四言調爲主，時雜以三言調，與楚辭不同趣，是別爲一派的。漢書藝文志把賦分做四部著錄着，是卽屈原賦之屬二十家，陸賈賦之屬二十一家，孫卿賦之屬二十五家，雜賦十二家。（陸賈、漢高祖時人。孫卿卽荀子，『孫』與『荀』古音相通。）依此，則漢代的賦家，可以推想有這三派的系統。今日其作品之存者，大抵僅屬於屈原派的；陸賈派則陸賈之作不存，祇揚雄之作很多存留着；孫卿派僅存荀卿之作。荀卿的賦，如上所云，作風和屈原派不同，內容述儒家的學說，是非文學底的。揚雄的賦，學屈原派的天才家司馬相如的。從這點把他屬於陸賈派，兩派間分不出有如何的差異。屈原派的賦，自宋玉始一變，如上述。屈賦主抒情，至宋賦則主敍事，以羅列事物的形容爲事，及漢代，此風大開，遂至使後人以此爲賦的本格。晉摯虞立賦之定義曰：『賦者，敷陳之稱。』（文章流別論）同時的皇甫謐也說：『賦也者，所以因物造端，敷弘體理，欲人不能加也。』（三都賦序）梁劉勰說：『賦，鋪也。鋪采摛文，體物寫志。』（文心雕龍詮賦篇）於是，爲着區別這樣的敍事賦與連續屈原直系的悲觀底抒情賦，乃稱前者爲『賦』，稱後者爲『騷』。前者由文選的賦類可以大觀之，後者略被集於楚辭中。就現存之作而判斷，漢魏六朝之作，可屬於賦之系統者甚多，屬於騷之系統者幾乎沒有。伴着敍事體的興起，詠物體也成了很盛，是卽不爲敍述某事件的時間底經過，而詠物體的空間底形像。追尋其源，如屈原的橘頌，出於上例是詠橘的，但那是愛橘爲南國所產，用以託作者的主觀，幷不是純然的詠物；然至宋玉的風賦、高唐賦等，是純客觀底，前者把風拂物的狀態，後者把高唐觀的景物極力描寫形容之。其後，漢魏六朝之作，以班固兩都賦一類之敍述都會的形勢繁昌爲始，王延壽的魯靈光殿賦，禰衡的鸚鵡賦，王褒的洞簫賦之類皆是。專主敍事的司馬相如的子虛賦、上林賦之類，中間也含着不少詠物底分子。欲詠缺乏變化的物體，以求盡描寫的委曲，不能不鋪設增補之，因而極端進展於誇語彙之豐富的傾向，遂至使賦缺乏生氣，成爲遊戲文字似的。敍事、抒情、詠物適度地配合着之作（如司馬相如的長門賦、王粲的登樓賦之類）是有生氣而饒趣味的，若專以敍事爲主之作，則雖爲如何的名作，亦極呆滯不活潑。如相傳晉左思作三都賦，費十年的歲月，宅中所至備置紙筆，得一句卽書之，這種苦心頗可貴。

大凡賦的結構法有兩種，一爲直敍體，一爲設問體。屈原的賦，大抵以某一人的思想行動，用韻文直敍之者居多，如賈誼的鵩賦，司馬相如的長門賦，便襲此體。至宋玉之作，多是用韻文直敍外，復以散文設問答的，其高唐賦、神女賦、風賦等皆取此體。尤其稱爲屈原所作的卜居、漁父，也是問答體，但這疑是後人之假託。漢代長篇的賦中，設問體甚多，那有一篇的首尾設問答以緊束的，與分一篇爲若干段逐段設問的兩種。如司馬相如的子虛賦、上林賦，班固的兩都賦等，屬於首尾設問式；枚乘的七發，曹植的七啓等，屬於分段設問式。例如子虛賦，始於楚子虛使齊，觀畢行王獵之後，訪烏有先生時，亡是公在坐談獵的問答，次以韻文直敍子虛言楚王狩獵的盛狀，終有亡是公的批評語。僅用韻文直敍畢竟是單調的，故於前後假設問答以增興；分段式不過是再於其間加入若干的問答而破單調罷了。宋玉以後的賦，句法也比屈賦要複雜，即如高唐賦、風賦，某一段用屈賦的乙式（□□□○□□兮、　□□□○□□）某一段用丙式（四言調，）或兩者混用而破其單調，使有變化，這可以看做詩形上的一種進步。漢賦裏這系統的混用式最多，純用乙式的也不少。但九歌所僅有的甲式（□□□兮□□□、或□□□兮□□，）於賦幾乎不用，於詩則用之，——卽第三章古體詩一節所述的楚聲之歌——這應該是『賦』和『歌』有區別的所以然。下面舉子虛賦的一部分以爲乙式丙式混用之例。

楚王乃駕馴駮之駟　乘雕玉之輿　靡魚鬚之橈旃　曳明月之珠旗　建干將之雄戟

左烏號之雕弓　右夏服之勁箭。

陽子驂乘　孅阿爲御。　案節未舒。　卽陵狡獸　蹴蛩蛩　轔距虛。　軼野馬。　轊騊駼。
乘遺風　射游騏。　儵眒倩浰　雷動焱至　星流霆擊。　弓不虛發　中必決眦。　洞胸達
掖　絕乎心繫。　獲若雨獸　揜草蔽地。

像這樣的章法、句法、押韻法都不如屈賦的整頓，取極複雜的詩形。『輿』和『戟』『旍』和『箭』想是押韻的，如此的法，詩經上也有同樣的例，呼之爲隔韻或隔句韻。於偶數的句末押韻，這是通例，但在那裏『御』和『舒』押韻，而『獸』處不合韻；還有『騏』字和『擊』『眦』等韻部不同，然這裏該還是合韻的。雖同是司馬相如的作品，但如長門賦則完全秉離騷等的法式，章句、句法、韻法皆極整頓，這裏是特別舉出其複雜的詩形的。

漢以後的賦，因時代而有體格的差異，明徐師曾的文體明辯中把它分做四種，卽古賦、俳賦、律賦、文賦。古賦是漢代的賦，多用散句。（不成對偶的句）至六朝的賦，多用對句，於修辭上更進一步整頓着，這叫做俳賦或駢賦，及唐賦成爲科舉考試的一種科目而課授之，遂於音韻修辭上定立了一種典型這叫做律賦。宋代的賦，反對地成了顯著的散文式，這叫做文賦。賦，歷代皆有，然其最盛行

而且見重於文學史上者，是次於楚辭的漢魏六朝的賦。綜觀漢代的文章，可謂除卻論辨、奏議、書說等以義理爲主的實用文外，得鑑賞文辭之美的藝術底文，大抵是用賦體，或添加之。不名爲賦而實際與賦體不相異的文也有，或從賦變化成的一種文體也有，這些試大約指摘之：文選的對問類收宋玉的對楚王問，其實這是設問體的賦；設論類收東方朔的答客難等三篇，此等是設問體賦的變形，這系統的文，其他尚多所作；七類收枚乘的七發等三篇，但畢竟是分段設問體的賦，倣此體之作亦多；連珠類是具着廢『七』類的問答之形；頌贊及符命僅其內容限於讚美盛德，而文體與賦殆無變異；哀辭、弔文、誄亦與賦同體，唯用途被限定而已，故如賈誼的弔屈原文，史記列傳中題之爲『賦』。要之，漢代賦較盛行，其文體給應用於種種方面，雖或因其用途而文體生多少的差異，然概括之，則可視爲賦者殊多。此等之文，大抵爲尊重修辭，故從始就用對句，後漢以後，此風益盛，實用文也被其影響，起整句格雜對句之風，遂至六朝成立了駢體文，故駢文發生的原因在於後漢，而連成它的力量，可以說是在於賦。

三　駢文

名稱及發達的途徑——對偶法——四六句調——典故的繁用——駢文的流弊

駢文成立於齊、梁之間當時好像把它叫做『今體』例如梁簡文帝與湘東王論文書說：『若昔賢可稱，則今體宜棄。』然至晚唐始用『四六』之名，卽李商隱名其文集曰樊南四六甲乙集。較前代的柳宗元乞巧文中現『駢四儷六錦心繡口』之語，或此時已名之於文體也未可知。宋以來這便成爲普通的名，宋人有四六話四六談麈之著；明人有四六法海之著。到淸代則稱爲『駢體』或『駢文』如駢體正宗、駢文類苑等書名多用此名。呼之爲四六，是因其文多用四字句或六字句以調整句調的緣故，稱之爲駢體，是因其多用對句以修飾文辭的緣故，這兩事是它的特色。追尋駢文的發達之跡，或有遠溯到秦李斯的諫逐客書、漢初賈誼的過秦論的論者，然其最顯著的是前漢宣帝時王褒的聖主得賢頌、四子講德論。至後漢此風漸盛，班固的典引，崔駰的達旨，蔡邕的釋海等文，都呈示着接近六朝的駢體，雖於思想家的文章如王充的論衡，王符的潛夫論仲長統的昌言等著作中，也使用近於此體的。及魏晉時，曹植之文開六朝靡麗之端，陸機出而此風益暢，宋顏延之、謝靈運等承其後，氣運已成熟，遂至齊、梁間由沈約等定立了此體的基礎。齊武帝永明末年沈約、謝朓、王融等，採用周顒的言語學底聲韻說於文章上，求音調的和諧，時人稱之爲『永明體，』這是駢文倡導之始，後繼者陳徐陵、庾信出，駢文益被修飾，使傳於唐而盛行之。

駢文的特徵在於下面的五點：(一)多用對句。(二)以四字及六字的句調爲基本，(三)求音調的和諧。(四)繁用典故。(五)文辭華美。茲先舉唐王勃的滕王閣序爲例，以示對偶法與句法。

南昌故郡——星分翼軫——襟三江而帶五湖

洪都新府——地接衡廬——控蠻荊而引甌越

物華天寶——龍光射牛斗之墟——雄州霧列

人傑地靈——徐孺下陳蕃之榻——俊彩星馳

臺隍枕夷夏之交——都督閻公之雅望——棨戟遙臨

賓主盡東南之美——宇文新州之懿範——襜帷暫駐

十旬休暇——勝友如雲——騰蛟起鳳——孟學士之詞宗
千里逢迎——高朋滿座——紫電凊霜——王將軍之武庫
家君作宰——路出名區
童子何知——躬逢盛餞（下略）

像這樣的對偶法句法整然可驚。所謂對偶，是相對句的各語互以同一的品詞構成之爲原則。此法貴在左右均齊之美，乃發揮審美觀於文學上的，其給與讀者的快味，宛如聽和聲的音樂，具相對的文字調和之美。自然音樂是同時發出兩個聲音而調和的，但於對句，則將先讀上句的印象留住腦裏，與後讀下句的各字的印象重合而調和的，其調和的美由對比而生，其對比中有離合度的深淺，呈複雜之狀態。日本弘法大師的文鏡祕府論（卷三）裏綜合唐人之說，述二十九種的對法，其中對語法之主要者有四種：

（的名對）　對反對語者。　（例）天——地。東——西。長——短。往——還。

（同　對）　對同類語者。　（例）星——月。車——馬。薄雲——輕霧。

〔異類對〕 對異類語者。〔例〕天——山。風——樹。琴瑟——山川。

〔意　對〕 異類對之甚者 〔例〕寢興日已寒。白露生庭蕪。

的名對是最初步的，同對次之，異類對、意對是進步底的。語的對比，究竟有距離之大的妙味。揆以此理，則於上例

(異)(的)(異)	(的)(異)(的)(異)	(異)(異)(異)(異)	(同)(異)(同)(異)
星分翼軫	物華天寶	龍光射牛斗之墟	雄州霧列
地接衡廬	人傑地靈	徐孺下陳蕃之榻	俊彩星馳

等，於對比的距離之大，應感到妙趣，

其次、句法亦如上例所略示，以四字句、六字句為基調，或有增加一字為五字句、七字句，偶爾也有為八字句。至於對偶與句法的關係，想可分為當句對、隔句對、（文鏡祕府論之語）雙句對（著者自作之語）三種；所謂當句對是在一句中對的，隔句對是兩句相對的，雙句對是一句相對的再作上例以解說之：

〔當句對〕
騰蛟　紫電（二字）　襟三江　控蠻荊（三字）
起鳳　清霜（二字）　帶五湖　引甌越（三字）

〔雙句對〕
南昌故郡（四字）　臺隍〔枕〕夷夏之交（六字）
洪都新府（四字）　賓主〔盡〕東南之美（六字）

隔句對
十旬休暇　勝友如雲（四字、四字）
千里逢迎　高朋滿座（四字、四字）
騰蛟起鳳　孟學士之詞宗（四字、六字）
紫電清霜　王將軍之武庫（四字、六字）
都督閻公之〔雅〕望　棨戟遙臨（六字、四字）
宇文新州之〔懿〕範　襜帷暫駐（六字、四字）

用對偶的句法已盡於右。但齊、梁間的駢文極不常用隔句對中的（四六）（六四）兩式，其慣用係開始自陳徐陵、庾信等，至唐而盛行。文章的句法，諧調四字句的是周代的書經易經以來所存的習慣；諸調六字句者，想是至六朝而自覺的觀念。觀察六字句的構造，有四字句增加二字之形與本於承離騷系統的賦之句格之形。得看做四字句增加二字者，如陳徐陵的玉臺新詠序的：

凌雲概日、由余之所未窺。萬戶千門、張衡之所曾賦。周王璧臺之上　漢帝金屋之中

玉樹以珊瑚作枝、珠簾以玳瑁爲插。其中有麗人焉。

之類是；字傍附×符號的二字，得假定爲增加的，此種的六字句法最多。其次，以爲本於賦之句格者，如梁沈約的梁武帝集序中的『興絕節於高唱，振淸辭於蘭畹』王勃滕王閣序的『非謝家之寶樹、接孟氏之芳隣』之類是。其差異是前者以二字口調爲基礎，後者以三字口調爲基礎，就前例以示構造，則爲『周王璧臺之上』與『非謝家之寶樹』之別。總之，四六句是最勻整的口調，故文心雕龍章句篇說：『四字密而不促，六字格而非緩，或變之以三五，蓋應機之權節也。』用三字、五字是臨機應變的句格。

使用典故的事情，不消說是『古已有之』，唯至齊梁之際始顯著地流行，起競用人所不知的故事以爲得意之風，例如南史王諶傳中謂齊王儉常集才學之士爲『隸事』而出賞優秀者，所謂

隸事就是把故事相隸屬而作文；又劉峻傳中有梁武帝每集文士策問『經史事』以作文。類書的編纂，盛自梁代，這是把古典文從內容上類別的，不外爲作文時用典故的參考書，見於隋書經籍志雜家中的子鈔二十卷（梁、沈約撰）、皇覽一百二十卷（梁、繆卜等撰）、類苑一百二十卷（梁劉孝標撰）等類書之類多被著錄。當時鍾嶸的詩品曾論使用典故之弊而排斥『文章殆同書抄』的樣子，故後世皆襲其風，於駢文上使用典故的方面成爲定作者之巧拙的重要目標之一，此謂之剪裁，蓋以剪取古典語及事實而造出對句的緣故。其次、駢文爲要求讀音之美，所以極注意對句的平仄，這還是以沈約的八病說爲其源，文鏡祕府論對八病的說明，以詩爲主，但關於文章也說及同樣的法則，且謂於後世的駢文亦有調整平仄的必要。

以上已略說明駢文的特色，但那些同時亦是其弊害。用典故以避免陷於文意之說明底露骨，而使婉曲與其文意相吻合，這是有益於增進美感的，然若繁用之，則便阻礙給與剛健直截的印象，動輒陷於靡弱之弊。四六的句格是諧美的，唯爲着要調整之，往往節約助字，故能害筆致的暢達，生意義的曖昧澀解。對偶的修辭上的美觀是不消說的，然爲其行文的紆餘曲折，時常會妨礙文脈的貫通。像這些文氣的靡弱，文脈的散漫，文義的朦朧，的確是駢文的弊害。例如文心雕龍的文學論，因爲用這駢體寫的，故於論旨的徹底上，實有遺憾。不滿意於那些弱點而起的，是唐宋以來的古文復興運動。

四 古文

唐宋的古文家——於明代古文辭派與唐宋八家派的抗爭——清之桐城派

唐代駢文普通地流行，但一方面也有不欲乘此潮流，而保持漢以前的散文系統的一派，立此先登者，係初唐的陳子昂，次之者爲吳少微、富嘉謨、谷倚，當時稱之爲吳富體，有不少的崇拜者。從盛唐末至中唐初，元結、獨孤及出，而此風更張，加上有蕭穎士、李華等，其道益盛，至韓愈遂臻極致。世稱韓初學獨孤及之文而起的。與韓相並的有柳宗元，韓純用散體，柳則駢散併用，折衷其長處。韓之門下有李翺等，李文爲北宋人所宗。於宋初先學韓文的是柳開，他也兼修柳文，開宋人推崇韓柳的端緒。其後，有穆修學韓柳文，門下出尹洙；歐陽修從他學古文之法，於文壇上大張勢力，曾鞏、王安石、蘇軾、蘇轍等皆出其門下，遂大成了宋代的文格。自是駢文不過使用於朝廷的詔令、官吏的上奏及其他主要的公文上罷了，這是爲要典雅與便利於宣讀的緣故。宋人把古文叫做『散文』，如王應麟的辭學指南中分文體爲『散文』與『四六』。所謂散文，原是對駢文之稱，不是如我們今日用以對韻文之稱的。他如其名之所示，不事對偶，以散語行文，但文中亦不少自成對句的，不過他拜不像駢文那樣地故意用許多的對句，且如元陳繹曾的文說所言，散文用對語的場合，普通必以散語間之，而避免對語若干的連續。但對於對語，中國人的嗜好成爲國民性，所以縱使散文家在欲齊整修飾文字的場合，往往也不免成爲對句，如韓愈的原道一文，以理論爲主，差不多都用散語，但如進學解、送李愿歸盤谷序，一成爲修辭底文，就多對句，句格亦整齊，用近於四六的文體。宋歐陽修及其他散文家都有那傾向。四六文畢究是中國人的對偶癖典故癖之極端的發揮，因爲過求句格的整齊，所以古文家至欲矯正其弊，唯是四六文的美點也不是一概滅卻的。

論古文者，大概取前漢以上，排斥後漢以下，這是爲着從後漢起漸傾於駢體的緣故。蘇軾稱韓愈爲『文起八代之衰』者，係指後漢以下魏及六朝。自唐宋八家蹶起，後世的人多先學八家之法併湖前漢以上，此風大約繼續到明中葉弘治、正德間的李東陽爲止。此時李夢陽、何景明等出，斥唐宋八家之文，提倡直學秦漢，風靡一世；承其後，嘉靖、隆慶間李攀龍、王世貞等鼓吹此風，他們的主張頗高，但其文不過徒事模擬，剽竊秦漢文之語，以爲出古色而已，這叫做古文辭派。同時王愼中、唐順之等及歸有光等的一派，則宗唐宋八家，與前者抗衡。自是至明末，便成了秦漢派（古文辭派）與唐宋派的競爭時代，結果遂歸唐宋派勝利。入清代，古文辭派完全閉塞，唐宋派獨自盛行，及至乾隆年間，可稱爲出自唐宋派而兼周漢的折衷派產生了，那就是所謂桐城派。乾隆初年安徽桐城人劉大櫆善古文，兼修莊子、楚辭、左傳、史記及韓愈、柳宗元、歐陽修、蘇軾等的長處，其同鄉姚鼐從之學古文之法，其文高簡深古，最逼近於史記及韓愈，從他的門下出管同、梅曾亮、方東樹等，其勢力漸漸擴張，爾來作古文者大抵皆受其影響，以及於近時。作爲這傍系的產生了陽湖派。桐城派的文章以質古爲旨，脫落修飾，尊重神氣；而陽湖派因其開山祖惲敬、張惠言亦善駢文，故其古文辭藻豐富有艷。姚鼐編古文辭類纂，選秦漢以來至清劉大櫆之文，而六朝之文一概不取，清末王先謙編續古文辭類纂，採桐城、陽湖二派之文，這兩書可當做此派的模範文集讀之。到了道光、咸豐間，曾國藩出，還是私淑姚鼐，唯於其古文辭類纂的選取方面，頗嫌狹隘，乃編經史百家雜鈔廣收經書史書之文，從他的門下出吳汝綸、黎庶昌等古文家，這一派在清末大張勢力而曾氏的選本亦被流行，與古文辭類纂相並。其門下黎庶昌也編續古文類纂，繼姚氏之選，但沒有王先謙本那樣流行。於清朝駢文亦復興，呈現略足與古文派拮抗的盛況，或兼善兩體者也不少。

本章選讀書目

○文學研究法四卷　姚永樸撰　○商務印書館發行

○六朝麗指一卷　孫德謙撰　○通行本

前者本桐城派的主張而概論古文，後者以六朝爲中心而論駢文。

○楚辭集註八卷　辨證後語八卷　宋朱熹註　○通行本　○石印本

楚辭補註十七卷　漢王逸章句　宋洪興祖補註　○四部叢刊影印本

山帶閣註楚辭六卷　清蔣驥註　○影印本

屈原賦註十一卷　清戴震註　○商務印書館國學基本叢書本　○鉛印本

○文選註六十卷　唐李善註　○商務印書館國學基本叢書本　○石印本（印影胡刻）

文選旁證四十六卷　清梁章鉅撰　○通行本

古文苑二十一卷　宋章樵註　○江蘇書局本　○商務印書館國學基本叢書本

○古文辭類纂七十四卷　清姚鼐編　○通行本　○石印本　○鉛印本

○續古文辭類纂三十四卷　清王先謙編　○通行本　○石印本　○鉛印本

○駢體文鈔三十一卷　清李兆洛編　○商務印書館國學基本叢書本

第五章 戲曲學

一 雜劇

宋之雜劇與金之院本——元代雜劇的改進——雜劇的組織——雜劇隆盛的原因——雜劇家的派別——本色、文采二派曲文的比較——雜劇十二科——現存的曲本——曲文讀法指南

宋的雜劇，因曲本不現存，故不能詳其爲如何的東西，但依據南宋耐得翁的都城紀勝及吳自牧的夢粱錄所記，則雜劇分爲『豔段』『正雜劇』『雜扮』三種。先把普通所知道的事蹟演一段，謂之豔段；（豔者，音樂上之語，前曲也。故於此應有前段之意。）次演正雜劇二段；雜扮是雜劇的散段，散段如所謂員外似的，而雜扮是兼演滑稽與雜藝的。雜劇以諷刺底滑稽爲旨，有末泥、引戲、副淨、副末、裝孤等脚色，或以歌曲或以賓白應對而演之，其歌曲多用『曲破』及『斷送』之種類的

樂曲。又、南宋末周密的武林舊事載官本雜劇段數二百八十種的目錄，用這可以知道南宋雜劇的標題。頗有種種雜多的，而其中從題目得推測其内容者也不少，例如柳毅大聖樂該本於唐人小說柳毅傳，崔護六么、崔護逍遙樂是取見於唐人本事詩上有名的崔護的故事，鶯鶯六么無異於唐人小說會眞記的主人公崔鶯鶯之事，其他裴航相遇樂、王魁三鄉題、裴少俊伊州等也用關於佳人才子的著名的故事，以上及元的雜劇都取同樣的題材，看那些就可以承認絕對不僅滑稽劇，已經存了進於正劇之境的。見於上面題目的大聖樂、六么、逍遙樂等，大概是叫做『大曲』的長編樂曲名，那是表示被使用於這劇的。大曲和曲破好像是相類的編曲法，至南宋，兩者被混同，故都城紀勝所記用於雜劇上的曲破是也含着大曲的緣故。南宋時代於北方的金國流行了叫做『院本』的劇，那也是繼承北宋的雜劇的，不過從北地的方言更異稱呼而已。元本陶宗儀的輟耕錄說：『院本、雜劇，其實一也』明初寧獻王的太和正音譜說：『雜劇者、雜戲也。院本者、行院之本也；』想是元末之作的宦門子弟錯立身戲文的賓白上有『儞與我去叫大行院來做院本解悶，』這應足以證實太和正音譜之說。蓋行院是俳優演技的地方，轉而亦有指俳優的一團，把其所演的曲本名之曰院本。

關於院本，輟耕錄（卷二十五）裏稍有說明，載題目六百九十種，據此，則可以推測其組織與南宋的雜劇無大差異。院本中也有和雜劇同樣的『艶段，』不過院本比較簡略一點，所以它相當於正雜劇兩段，豔段和它給區別着。且腳色也舉出與雜劇同名的五種；命題方面也是同樣，而有若干完全同名的，如燒花新水、熙州駱駝、病鄭逍遙樂、列女黃龍、三出舍、眼藥孤、羹湯六么等即是。考此諸點，則可承認雜劇和院本是發於同源而分歧南北的。

蒙古先滅亡北方的金而佔據中原，以現在的北平爲中心，產生了一種新樣的劇，這當時還是呼爲院本似的，後來纔呼爲雜劇。這新興劇就是現存的元雜劇。這種革新的事業，說是由於金末元初的關漢卿所創成的，明初的太和正譜評他爲『初爲雜劇之始，』這果否是歸功於關漢卿一人，尙未能斷定，唯是當時以大都（北平）爲中心，在北方有很多的雜劇作家輩出的事實，徵之文獻，是明白的。其勃興的氣運，這時俄然而來。這個新興劇的發祥地是金的故地，從這點當然可以想到它和院本之間是有關係的，惜院本一本也沒有現存，致不得把它明確地比較立證；但略能推測到他比院本是顯著改進的東西。在比較它之前，我們先來說明元之雜劇的組織吧。雜劇的組織，一劇必成自四折，『折』就是段，此外把稱爲『楔子』的短場置於冒頭或折與折之間而演起於入本排之前的發端或前折與後折之間的事件，以取連絡。一折必始自『賓白』，白是獨語，賓是對話。登場之初，以白通報姓名，其白的冒頭，普通以七言四句或二句的詩去表明那腳色的境遇，其次以賓白應對，在適當的地方開始唱歌曲，這叫做『唱』，自是用唱和白以進行事件，而把身的動作叫做『科』。唱是最必要的要素，主角一人始終獨唱之，絕沒有雜其他腳色的唱，最純粹的組織的是通四折皆主角一個人唱。其主角，稱正末的劇爲『末本』，稱正旦的劇爲『旦本』。扮演主角的人物，有由折而變者，但唱結局的俳優，以四折共一人爲通例；異例地有在末本中把某一折亦有正旦唱樣的變則。歌曲的組織，與第三章散曲條所述的套數同樣，連結若干屬於同調子的小曲組織一編，稱之爲一套，而一折上便用一套的曲。俳優的腳色，大別爲末旦淨丑，細別之則爲正末、副末、冲末、外末、小末、淨、副淨、中淨、正旦、副旦、貼旦、外旦、花旦、搽旦、色旦、老旦、大旦、小旦、丑等。以之比較院本，於段數，院本是一段或兩段，這是四折，於腳色，院本是五種，這是如上面的增加着；於歌曲，院本如題目上所表的病鄭逍遙樂等似地在一劇中使用某一種曲的樣子，但這是集合屬於種種系統的小曲而用之。至關於樂曲，於院本上或已發生了與雜劇同樣者亦未可知。總之，段數和脚色可明白地承認其改進之跡。

然其突如興隆之原因如何？明胡侍眞珠船（卷四）之說以爲因當時漢人多不得就要職，屈爲下級官吏，莫伸其志，乃漏不平之氣於詞曲之上。王國維的宋元戲曲史（第九章）謂金末不重官吏，至元廢科舉將八十年，故文章之士也不能不從下級官吏起身，因而他們的才力無所用，乃發之詞曲。這兩說是說明雜劇的作者多係不遇的人士，幷未曾指明雜劇興隆的根本底原因。吾師（著者稱）狩野先生的支那學文藪（元曲之由來與白仁甫之梧桐雨）中謂蒙古入主中國後，專事殺伐，不尊重學術文藝，不能通中國的古文學，所以連詔勅碑文之類也至雜以俗語文體，這是俗文學興起的一個原因。我以爲大凡文學的興隆，不消說是得待作家的大才，但特別在如戲曲的民衆底藝術上，社會的要求當有力地支配着它。吾師之說，恐怕得從這見地解爲以不能通古文學的蒙古人的要求而招致了戲曲的興隆的。我還把征服者的蒙古人有歌舞音樂的嗜好的事情附加爲其原因之一，南宋嘉定間（蒙古未曾亡金的十數年前）旅行蒙古的孟珙的蒙韃備錄中說：『國王出師，亦以女樂隨行，率十七八美女，極慧黠，多以十四絃等彈大官樂等，四拍子爲節甚低，其舞甚異。』這是明證。連出師也要樂女隨行那樣程度好樂舞的蒙古王，因亡金入中國，而他們征服者醉心於進步的中國舞樂，這情形是不難想像到的。那與其說是古典底樂舞毋寧說是民衆底的院本，當使他們多分地歡喜，乃暗裏獎勵及改善院本，這是自然之數。於此，可想屈居下僚無由伸才的文人，及不欲仕而隱逸韜晦的文人等，中作戲曲以遣鬱者甚多，遂至多量發生文學底高價值的作品於這通俗底藝術上。既而蒙古把南宋也滅了，統一南北，北方的雜劇以新興的勢力征服南宋的雜劇，戲曲上似乎也至於成南北統一之業。把它從作者的方面看去，一統前差不多僅是北人；一統後卻多南人，且北方的作者尚有來南方住的，於是雜劇的中心呈移向南方之觀。

元雜劇的代表作家，古來幷稱者有關漢卿、鄭光祖、白樸、馬致遠四大家。元周德清的中原音韻自序中並稱爲『其備則自關、鄭、白、馬一新製作，』明何良俊的曲論也表彰這四大家，至明王驥德的曲律非難其不加王實甫的失當，王世貞的藝苑卮言加王實甫、喬吉甫、貫酸夫、張可久、宮天挺於其中而表彰九家，但貫酸夫、張可久是散曲的作家，應該除外。優秀的作家尚不止那些，無名的作品中也有傑作。元雜劇的曲辭大概是素樸的，在巧於驅使俗語處有妙味，唯其中自有兩樣的作風，即曲辭素樸多用口語者，與曲辭藻麗比較的多用文言者；前者應名爲本色派，後者爲文采派。概觀這二派：文采派多注力於曲詞的藻繪，拙於劇的結構排場；本色派多願用意於結構排場，而曲詞平實俚質。這自然是就大體而言；蓋文采秀麗結構亦佳的名作也有，用本色而曲文妙不可言者也很多。這二派更可分爲五種，而舉那些的代表作家及屬之者如左：

本色
- 豪放激越派（關漢卿之流）高文秀、紀君祥、王仲文、楊梓、李文蔚、蕭德祥、康進之、朱凱。
- 敦朴自然派（鄭廷玉之流）武漢臣、岳伯川、孟漢卿、李直夫、李行道、張國賓、秦簡夫。
- 温潤明麗派（楊顯之之流）石君寶、戴善甫、尙仲賢、吳昌齡。

文采
- 綺麗纖濃派（王實甫之流）白樸、張壽卿、鄭光祖、喬吉甫、李好古。
- 清奇輕俊派（馬致遠之流）李壽卿、石子章、宮天挺、范康。

曲之最俚質沒有修飾的是敦朴自然派，宛如說話極自然地作曲詞，此處有妙味。豪放激越派於質朴中具豪爽之致，以氣力勝。温潤明麗派以本色爲主而兼文采者，一面用口語，一面作婉麗的曲文。綺麗纖穠派最富藻彩，於口語中比較的多雜文言而修飾着。淸奇輕俊派也多文言，而修飾幷不是顯著惹人注目的，感着輕淡。下面把現存的傑作以此五派類別列舉之：

豪放激越派

○關漢卿：竇娥寃、救風塵、拜月亭、單刀會、玉鏡臺、金線池、望江亭、魯齋郎。

○高文秀：雙獻功。

○紀君祥：趙氏孤兒。

○王仲文：救孝子。

○楊梓：豫讓吞炭。

○朱凱：昊天塔。

○蕭德祥：殺狗勸夫。

○康進之：李逵負荊。

○李文蔚：燕靑博魚。

○無名氏：凍蘇秦、賺蒯通。

敦朴自然派

○鄭廷玉：看錢奴、忍字記。

○武漢臣：老生兒。

○岳伯川：鐵拐李。

○孟漢卿：魔合羅。

○李直夫：虎頭牌。

○李行道：灰闌記。

○張國賓：汗衫記。

○秦簡夫：東堂老。

○無名氏：貨郎旦、盆兒鬼、馬陵道。

溫潤明麗派

○楊顯之：酷寒亭、瀟湘雨。

○石君寶：曲江池。

○戴善甫：風光好。

○尚仲賢：柳毅傳書。

○吳昌齡：風花雪月。

○無名氏：抱妝匣、留鞋記、硃砂擔。

綺麗纖穠派

○王實甫：西廂記、麗春堂。

○白　樸：梧桐雨、牆頭馬上。

○張壽卿：紅梨花。

○鄭光祖：倩女離魂、王粲登樓。

○喬吉甫：兩世姻緣、金錢記。

○李好古：張生煮海。
○無名氏：赤壁賦。

清奇輕俊派

○馬致遠：漢宮秋、陳摶高臥、任風子、岳陽樓、薦福碑、黃粱夢。
○李壽卿：伍員吹簫、度柳翠。
○石子章：竹塢聽琴。
○宮天挺：范張雞黍。
○范　康：竹葉舟。
○無名氏：連環計。

茲試就本色派與文采派之作，對照其類似的場面的曲辭，以示作風差異的一斑。即以詠雨景者爲例：

（本色）瀟湘雨（第四折）　楊顯之

〔正宮端正好〕雨如傾　敢則是風如扇。半空裏風雨相纏。兩般兒不顧行人怨。偏打着我頭和面。〔滾繡球〕當日箇近水邊。到岸前，怎當那風高浪捲。則俺這兩般兒景物淒然。風剖的似箭穿。雨下的似甕灑。看了這風雨呵委實的不善。也是我命兒裏惹罪招愆。我只見雨淋淋寫出瀟湘景。更和這雲淡淡粧成水墨天。只落的兩淚漣漣。

（「當日箇云云」是謂昔在淮河遭難船時悲風高浪逆，亦不如今日風雨景物的淒然之意。）

（文采）梧桐雨（第四折）　白樸

〔三煞〕潤濛濛楊柳雨淒淒院宇侵簾幕。細絲絲梅子雨粧點江干滿樓閣。杏花雨紅濕闌干　梨花雨玉容寂寞。荷花雨翠蓋翩翻　豆花雨綠葉蕭條。都不似偭驚魂破夢　助恨添愁　徹夜連宵。莫不是水仙弄嬌醮。楊柳洒風飄。〔二煞〕味味似噴泉瑞獸臨雙沼。刷刷似食草春蠶散滿箔。亂灑瓊堦　水傳宮漏飛上雕簷　酒滴新槽。直下的更殘漏斷　枕冷衾寒　燭滅香消。可知道夏天不覺　把高鳳麥來漂。

前者是佳人翠鸞為婚約夫所虐待，殘酷地被處流罪。在解送的途中惱雨的情景；後者是玄宗於楊貴妃死後獨自沉思恨濺於梧桐之雨的情景。兩者旣以境際懸殊而差異其趣，當不消說，但後者以雅言麗語修飾着。分本色派與文采派，這是概括的標準，若把它比之明代雜劇的文采之盛，則元人的曲都是本色，縱如上面的梧桐雨，其全體用本色的部分寧說是很多。雖同樣是形容雨景的，但如左之一例，最善表現元曲的特色。

（本色）貨郎旦（第四折）　無名氏

〔六轉〕我只見黑黯黯天涯雲布。更那堪濕淋淋傾盆驟雨。早是那窄窄狹狹溝溝塹塹路崎嶇。知奔向何方所。猶喜的消消灑灑斷斷續續。出出律律忽忽嚕嚕陰雲開處。我只見霍霍閃閃電光星炷。怎禁那蕭蕭瑟瑟風。點點滴滴雨。送的來高高下下凹凹凸凸一搭模糊。早做了撲撲簌簌濕濕淥淥疎林人物。倒與他粧就了一幅昏昏慘慘瀟湘水墨圖。

還有以三字爲形容語的，元曲上非常多，例如梧桐雨第四折：

〔笑和尙〕原來是滴溜溜遶閒堦敗葉飄。疎剌剌刷落葉被西風掃。忽魯魯風閃得銀燈爆。 廝琅琅鳴殿鐸。 撲簌簌動朱箔。 吉丁當馬兒向簷間鬧。

像這樣三字的形容語，楚辭上往往可以見到，爲元曲的特色之一。更本色之最俚質者，如秦簡夫的東堂老便其一種，例若第一折：

〔寄生草〕我爲甚叮嚀勸叮嚀道。 僞有禍根有禍苗。 僞抛撇了這醜婦家中寶。 挑踢着美女家生哨。 哎兒也這的是僞自作下窮漢家私暴。 只思量倚檀槽聽唱一曲桂枝香。僞少不的撇搖槌學打幾句蓮花落。

這是簡直用口說話似的，沒有裝飾的氣味的歌着而有趣。

雜劇的結構，未脫幼稚之域。結構巧妙者，多爲關漢卿、楊顯之、鄭廷玉、秦簡夫等的本色派之作，但文采派的白樸、喬吉甫等也很巧妙，未可一概而論。事蹟之有趣味者甚多，甚至連後世本之而改作爲長篇戲文的也有，如拜月亭、殺狗勸夫、紅梨花等便是。歐洲人對這也持有興味，從十八世紀頃開始翻譯的趙氏孤兒甚有名，其他約有三十種左右已被翻譯過的。在日本，西廂記似乎早有試譯的人，但不流行，近時漸漸開始譯出的，西廂記以外大概還有竇娥冤、倩女離魂、老生兒之類。

關於題材方面有種種，明初的太和正音譜把它分類爲十二種，稱做『雜劇十二科』，即：

（1）神仙道化。　（2）隱居樂道。（又曰林泉邱壑）

（3）披袍秉笏。（即君臣雜劇）　（4）忠臣烈士。

（5）孝義廉節。　（6）逐臣孤子。

（7）叱奸罵讒。　（8）鏺刀趕棒。（即脫膊雜劇）

（9）風花雪月。　（10）悲歡離合。

（11）烟花粉黛。（即花旦雜劇）　（12）神頭鬼面。（即神佛雜劇）

就今日所存的曲本概觀之，則屬於悲歡離合（親子夫婦等由於阻礙而別離，後來再得會聚的人情劇、）風花雪月（佳人才子的戀愛劇、）烟花粉黛（妓女劇）、鏺刀趕棒（武行劇）者最多，神仙道化（神仙超度人出家入道者）也比較多，忠臣烈士孝義廉節也有相當之數，其他極少。右十二科所註記的『君臣雜劇』『脫膊雜劇』『花旦雜劇』『神佛雜劇』，應該是當時世俗的通稱吧。這類名稱尚有若干見於元末的青樓記上，即『駕頭雜劇』『閨怨雜劇』『綠林雜劇』『軟末泥雜劇」等是。若通覽那些俗稱，則可以推測到當時普通所上演的雜劇是如何種類的東西了吧。

其次，元的雜劇今日是從什麼書上留傳着的呢？其通行者爲下面的三書：

覆元槧古今雜劇三十種　○上海影印本

元曲選一百種　明臧晉叔編刊　○原刊本　○淸初重刻本　○商務印書館影印本

元明雜劇二十七種（明刊）　○國學圖書館影印本

古今雜劇的原本是元代的板本，現在最古而可信賴的曲本，惜賓白省略殆盡，致難分別劇情的條路。元曲選最備，但曲文多被改作。元明雜劇也有把曲文省略去若干的，不能說是善本。此外比元曲選較前編刊的元人雜劇選，（原本三十種。北平圖書館藏二十五種。）想當良本。綜合那些而除去重複的約一百二十種的元人雜劇，（包含少數明初之作）普通流行着。明代之作，合盛明雜劇初集二集以六十種行之，近時淸人雜劇初集二集也編刊了。一窺元曲，可以說雜劇的精華盡之矣。

元曲頗難讀，明清的曲大抵都有斷句讀，所以易讀，元曲斷句讀的本子，西廂記以外差不多沒有。讀賓白容易而曲文之斷句讀就非常困難，故略言其要領。在這裏，我們不能不先知道詞形和押韻法的原則，示詞形之模範的曲譜，以太和正音譜和北詞廣正譜最通行，各曲各定其所屬的音樂底調子，曲譜從之而分類。隋唐以來音樂的調子是用『燕樂二十八調』的，宋詞元曲皆依這調子法，但與時代一起減少供於實用的調子之數，元曲於二十八調中僅用十二調。燕樂二十八調是在宮、商、角、羽四聲上各配以七調的，遼史樂志大樂條有謂『右四旦二十八調，不用黍律，以琵琶絃叶之，』以琵琶的四絃爲本而定的樣子。所謂二十八調是：

(宮聲七調)	正宮。	高宮	中呂宮。	道宮	南呂宮。	仙呂宮。	黃鐘宮。
(商聲七調)	越調。	大石調。	高大石調	雙調。	小石調。	歇指調	商調。
(角聲七調)	越角。	大石角	高大石角	雙角	小石角	歇指角	商角。
(羽聲七調)	中呂調	正平調	高平調	仙呂調	黃鐘羽	般涉調。	高般涉調

把宮聲七調叫做『宮，』其他統叫做『調，』故稱調子爲『宮調。』右中附圈點於旁的十二

宮調，是元代所實用的，依當時中原音韻所列舉，則十二調合計三百三十五種的曲通行着，適當地採用那些以作雜劇。調子的選擇上也都有一定的習慣，那想是本於各調子特有的情趣的，被推測爲元初人芝庵的唱論中形容着對六宮十一調的各種情趣，茲於其中舉列雜劇上所常用的十二宮調：

（仙呂宮）清新綿邈　（南呂宮）感傷悲嘆　（中呂宮）高下閃賺　（黃鐘宮）富貴纏綿

（正　宮）惆悵雄壯　（大石調）風流蘊藉　（小石調）旖旎嫵媚　（般涉調）拾掇坑塹

（商　調）悽愴怨慕　（商角調）悲傷宛轉　（雙　調）健捷激裊　（越　調）陶寫冷笑

把這些就雜劇的作品而推考，第一折必用仙呂宮，蓋如右所謂此調最爲平靜。如上例的梧桐雨（第四折）瀟湘雨（第四折）的悲愁場面用正宮，兩世姻緣第二折美人懷想意中人之死的場面用商調之類，調子的情趣與劇的內容相應而使用着，這到某種程度在曲本上也可以窺知。一折中必須終始用一宮調，所以就曲譜而求屬於其調的曲之詞形，并不麻煩。

其次、雜劇所用的韻，依中原音韻或中州音韻可以知道。雜劇因爲以當時的大都即今之北平爲其起源的中心地，故其所用的音韻，這地方的成爲標準。那音韻，於金代從汴梁（原爲北宋的首都，即今之河南開封。）與諸般的文化一起輸入此地的，故謂之「中州」或「中原」的音韻。中州、中原係河南地方。今日的北京官話是屬於這系統的語言，故讀雜劇以先學北京官話爲最得門徑的方法。中原的音韻已如第一章所述，四聲中的入聲皆轉化於別的三聲；其韻據中原音韻係分類爲左之十九部：

(1)東鍾。(2)江陽。(3)支思。(4)齊微。(5)魚模。(6)皆來。
(7)眞文。(8)寒山。(9)桓歡。(10)先天。(11)蕭豪。(12)歌戈。
(13)家麻。(14)車遮。(15)庚青。(16)尤侯。(17)侵尋。(18)監咸。
(19)廉纖。

每部分平上去三聲。於元曲，三聲通押而一折之間用同部的韻，即一韻到底，且每句末差不多都押韻，不押韻的句非常少，這一看上面所舉的梧桐雨等例，就可一目瞭然了。故按押韻的字而句讀，大概能夠斷句，然後參照曲譜而考詞形，求與其符合樣地以修改句讀，那就得了。但有一件非常煩瑣的事情，就是雜劇裏於定格外增字者甚多，這叫做襯字。襯字散曲中甚少，但雜劇方面則常比定格的字多。而正音譜和廣正譜於定格的定法往往有差異，在除去襯字而洗出定格的面目上要費不少的麻煩。這為一種便利法，先取下面的三段手續，便無大過。（一）按韻腳先斷句。（二）與曲譜的定格相比較而觀句數之符合與否，若句數不足於定格，則便知道在那裏有不押韻的句或看脫韻腳的句，然後再竭力把它找出。（三）如果句數已至符合，則更將每句的長短與定格相比，把其中有若干的襯字記入腦裏，若大約相符，就沒有妨礙了。還有不能不豫知的是句數字數不拘定格得任意增加短縮的曲有若干。那些正音譜列舉於卷首的『句字不拘可以增損者一十四章』之條，廣正韻係注意各曲之後。此類除了依經驗而適宜地去句讀外，沒有別的方法。如前面所舉的梧桐雨第四折的三煞二煞曲詞就是此類。又如上例的東堂老第一折的寄生草曲詞，是襯字甚多的一例，故這裏再引以示襯字，且為着明白立證其為襯字，乃與嚴守定格不襯一字的西廂記第四本第一折的寄生草曲調比較對照：

〔東堂老〕（我為甚叮嚀勸）叮嚀道。（儞有禍根）有禍苗。（儞）拋撇

〔西廂記〕……………多丰韻。…………忒稔色。……乍時

(了這)醜婦家中寶。挑踢(着)美女家生哨。(哎兒也

……相見教人害。霎時……不見教人怪。……

這的是(偏自)作下窮漢家私暴。(只思量倚檀槽)聽

……………些兒得見教人愛。…………今

唱一曲桂枝香。(偏少不的撇搖槌)學打幾句蓮花落。

宵同會碧紗廚。……………何時重解香羅帶。

這曲詞的句格本來以(三三、七七、七七、七七)為正則，但如東堂老一增襯字，就和原形非常差異了。雜劇的句讀之所以困難，便在此處。還有理解用在曲詞上的俗語也很困難。故欲讀雜劇，先從西

廂記入門最好，因爲它是雜劇中的傑作，明代以來註釋之者亦不少，句讀也正確地斷着，且爲五倍於普通雜劇的長篇，若僅讀它，則別的曲本自至可能讀。明王驥德的古本西廂記、清毛奇齡的毛西河論定西廂記皆有很好的註釋，近時曾出影印本，甚易得。

二　戲文

戲文的源流——元之戲文——戲文的組織——明清戲文之概況——樂曲的消長——（附）諸宮調

戲文一名南戲或名傳奇，關於它的起源，明葉子奇的草木子上說：『俳優戲文始於「王魁」，永嘉人作之。』祝允明的猥談上說：『南戲出於宣和之後，南渡之際，謂之溫州雜劇。』徐渭的南詞敍錄上說：『南戲始於宋光宗朝，永嘉人所作之「趙貞女」「王魁」二種實首之也。』永嘉卽溫州。以上明人之說，關於其發生的地點皆一致。故王國維氏的宋元戲曲史（第十四章）亦論『南戲當出於南宋之戲文，與宋之雜劇無涉。』然元人的中原音韻中說：『南宋都杭……其戲文如樂昌分鏡等類』云云；又謂當時南宋的戲文曾被上演，這裏的所謂『戲文，』係指南宋都城的杭州所流行的劇而言，恐怕有前節所述的南宋雜劇的意味的全體叫做『戲文』之語，宋代的書上未能見到，莫非是元以後爲着區別南宋的雜劇與元的雜劇而起的名稱嗎？我想戲文是南宋雜劇的變名，元以後的戲文便承其系統的。然明人以爲溫州與戲文的發達有密接的關係之說，也不是無根據，蓋推測爲元代之作的張協狀元戲文的冒頭，作者述作意曰：『這番書會要奪魁名占斷東甌盛事』即以戲文作爲盛行於東甌者，東甌是溫州的古名。唯戲文成爲東甌之盛事的年代，果否如明人之言從北宋末或南宋光宗時？尚屬疑問，且明人舉爲溫州戲文之始的『王魁』或者就是見於南宋的官本雜劇名目中的王魁三鄉題也說不定。總之，那是未曾解決的問題，若以爲戲文是從與南宋的雜劇不同的系統發達來的，那麼從入元而南宋雜劇的下落完全不知道了，有永久歷史的雜劇，想不應該跟南宋的滅亡一起忽焉沒落下去。北方的院本在元之新興雜劇盛行後仍保持它的命脈，明初劉東生的嬌紅記雜劇也排置插演六箇地方，降至宣德年間周憲王的神仙會雜劇也到了插演的，這樣古曲的命脈并不是一朝斷絕的。可是南宋的雜劇之不知下落，恐怕是稱呼和戲文變易的緣故，元末的中原音韻也明記着當時『南宋戲文』被上演的事情，故若以之看做雜劇之改稱者，則其下落可以不失。

元統一後，北方的雜劇輸入南宋的故都杭州及其他從杭州出雜劇作者始漸多，依元鍾嗣成的錄鬼簿可窺知這形勢的變化，似乎被刺戟於這新興的優秀的雜劇樣的南曲的戲文也至出許多的新作。想係元代的戲文者，今僅存數種，但得知其題目的，由我所考定有六十九種，其中與北曲雜劇的題材一致者，達三十七種之多，那些之中，改作劇雜爲戲文的想當不少。至元末稱爲戲文之本產地的永嘉人高明的琵琶記出，爲南戲吐氣與劇雜的西廂記相對占戲曲史上的重要地位。推測爲琵琶記以前之作的幼稚戲文三種，近來已被發現，是即明初永樂大典所收的戲文中的小孫屠、張協狀元、宦門子弟錯立身三種，題爲永樂大典戲文三種付諸鉛印，這些的文學價值甚低，但作爲資料頗可尊重。次於琵琶記之作的拜月亭、（一名幽閨記）荆釵記、白兎記、殺狗記，稱爲元四大家。拜月亭是把元初關漢卿的雜劇改作爲南戲的，相傳爲元施惠之作，亦不確實，這戲文是於明人之間起了與琵琶記的優劣論而論爭着那樣程度的名作。殺狗記云係明初徐𤸎之作，是把蕭德祥的殺狗勸夫改作的。荆釵以下三種，曲文俚俗，非琵琶、拜月之比，唯事蹟有趣，膾炙人口。那些諸作，大約是元末明初之作，一看是等，則比永樂大典戲文三種組織亦嚴整，爲後世戲文體的模範。其中最典型的是琵琶記，此書相傳被鑑定爲元末的刊本，近時已影印行世。現在依是等而說明戲文的組織。

戲文比雜劇大概爲六七倍的長篇，把一段稱做一齣。琵琶從四十三齣、拜月四十齣、白兎三十三齣、殺狗三十三齣而成的，其一齣大概也比雜劇的一折短。一劇通例分上下卷，這好像爲着分量的關係上分做兩日上演的樣子。第一齣係爲一劇的序詞，由配角『末』一人上場，僅以白朗誦詞（宋詞系統的）二篇，不用音曲，此詞中表明作者的作意及事蹟的大綱，後世稱爲『副末開場』等，這是與雜劇不同的一點。第　齣以下，以唱、科、白三者演之，這和雜劇同樣，唯其唱法則完全不同，唱者不限主角，一人各腳色皆唱，（腳色與雜劇略同，所異者稱末色爲『生』，雜劇則爲『末』耳。）故唱法複雜，區別爲獨唱、接唱、同唱、合唱四法，獨唱無相當特定的術語，其他都是有出典的術語。獨唱是用一人唱終一曲的。接唱是一曲用二人以上分擔承接而唱的。同唱是用二人以上同聲唱一曲的。合唱是把一曲的上大半用一人唱，下兩三句用二人以上合唱的。還有併用接唱和合唱的。茲試就琵琶記的第二齣以示曲名及其唱法如左：

（生）蔡邕　（旦）妻　（外）父　（淨）母

〔瑞鶴仙〕生獨唱　〔寶鼎現〕外、淨、旦接唱——（生旦外淨）合唱

〔錦堂月〕生唱——（生旦外淨）合唱　〔前腔〕旦唱——（生旦外淨）合唱　〔前腔〕外唱

——（生旦外淨）合唱　〔前腔〕淨唱——（生旦外淨）合唱

〔醉翁子〕生、旦接唱　〔前腔〕外、淨接唱

〔僥僥令〕（生旦）同唱　〔前腔〕（外淨）同唱　〔十二時〕（生旦外淨）同唱

如右併用四種唱法，比雜劇則呈示歌劇底進步。其次於樂曲的編成法雜劇一折用一宮調，反之，戲文一齣中變更數宮調。其宮調元末以來用九宮調，比雜劇也要少。曲詞的押韻，如雜劇的一折一韻到底者甚少，普通大概一齣中換韻。如明王驥德及清李漁皆主張一齣一韻說，但無定論。其所用的音韻爲南方音，與中原音韻有若干差異，其最顯者有入聲，更依王驥德的曲律，則南曲便把中原音韻的支思、齊微、魚模三韻混同，魚模、家麻、歌戈、車遮混同，眞文、庚青、侵尋混同，寒山、桓歡、先天、監

咸、廉纖混合，甚至東鍾、庚青亦混同。因而王驥德自謂特別爲南曲而編南詞正韻，然不聞其現存；其他南曲的韻書也沒有流行。故李漁的閒情偶寄中，於南曲的韻亦以中原音韻爲標準，而謂唯區別入聲而用，則大體便行。我們讀時也據此法，多少加減之外，別無辨法。押韻法有通押四聲者，與入聲僅用入聲押韻者，能把這個先記住最好。

曲詞的文體，比雜劇大概少俗語，襯字也比較的少；但虛字少，實字多，所以卻有難理解之點，唯是大抵多斷句讀的曲本，故頗便利。其他、雜劇的一折，以賓白開始，後及唱曲；反之，戲文大多以唱曲開始，後及賓白，且每齣之終必朗誦下場詩（大抵七言四句，）這些稍有差異。下面示曲文之例：

琵琶記（第二十齣）（貞女趙五娘於夫外出時，遭饑饉而食糠之場）

〔孝順歌〕（旦）嘔得我肝腸痛　珠淚垂　喉嚨尙兀自牢嗄住。（糠那）你遭礱被舂杵。篩你簸颺你喫盡控持。　好似奴家身狼狽。　千辛萬苦皆經歷。　苦人喫着苦味。　兩苦相逢　可知道欲吞不去。　〔前腔〕（旦）糠和米。　本是相依倚。　被簸颺作兩處飛。　一賤與一貴。　好似奴家與夫壻。　終無見期。　（丈夫你便是米呵）米在他方沒尋處。　（奴家恰便似糠呵）怎的把糠來救得人饑餒。好似兒夫出去。怎的教奴供膳得公婆甘旨。(前腔)(旦)思量我生無益。死又值甚的。不如忍饑死了爲怨鬼。(只一件)公婆老年紀。靠奴家相依倚。只得苟活片時。片時苟活雖容易。到底日久也難相聚。漫把糠來相比。(這糠尙兀自有人喫)奴家的骨頭知他埋在何處。(據陳眉公評本以元刊本訂正「椿」爲「舂」,「沒處尋」爲「沒尋處」)

關於上面押韻的字之可注意者,若以中原音韻爲標準,則大概用齊微韻押之,但如『去』『處』『聚』『杵』屬於魚模韻的,如『旨』『時』屬於支思韻的被通押着。這是前述王氏曲律稱支思、齊微、魚模混同的一例。又、『歷』『益』『的』爲入聲,但和別的三聲通押,這不是如北曲的因爲失卻入聲,是於聲樂上沒有妨礙,故通押着,蓋有謂聲樂上入聲與上平聲同一處理的。然如前述南曲也有特別僅用入聲押韻的,如琵琶記第三十三齣卽其一例,它把『惑』『策』『織』『白』『的』『直』『尺』『息』『跡』『測』『役』『宅』『得』『責』『國』『席』『力』『歷』『息』等字押韻着。

其後到明成化頃，戲文上沒有著名的作品；及自成化、弘治時始出傑作，姚茂良的精忠記、薛近衮的繡繻記、沈釆的千金記最享盛名；從嘉靖至萬曆初年出了鄭若庸的玉玦記、陸采的明珠記、張鳳翼的紅拂記、梁辰魚的浣紗記等名作。萬曆年間有戲文極盛期之觀，吳江沈璟出此人之作完全沒有趣味，然韻律非常嚴格，自有南曲以來曲學之精密少有出其右者，受其教的人不少，遂至蔚然成爲一派。他的作品也很多，而義俠記最膾炙人口。和沈璟正有反對的傾向者，爲臨川的湯顯祖，他的藝術底天分甚高，作有還魂記、紫釵記、南柯記、邯鄲記的所謂玉茗堂四夢的傑作，爲琵琶記以來的第一人，而是後無來者巍然存在。他放任於天才，不拘泥韻律，所以沈璟等一派非難之，然他不屈。自是到明末清初，有汲沈璟的曲學之流者與慕湯顯祖的詞才者二派，前者有范文若、沈自晉、袁于令等，後者有吳炳、阮大鋮等。其他、萬曆年間的著名之作，爲梅鼎祚的玉合記、徐復祚的紅梨記、汪廷訥的獅吼記、高濂的玉簪記、沈鯨的雙珠記等。明人的戲文大都盛文采，唯中間亦有主本色之派與修飾文辭之派，萬曆間呂天成的曲品中分之爲本色派和當行派，當行派之中極端事修飾，用詩文語，設對句，宛如文章之於駢體者亦不少，把它叫做文辭派或駢綺派，開其端者爲成化間邵璨的香囊記；嘉靖間的玉玦記、萬曆間的玉合記等是這一派的傑作，但爲極端發揮明代戲文之特色的弊風。清初康熙間亦多作者輩出，尤其洪昇的長生殿、孔尙任的桃花扇允推雙璧。長生殿韻律嚴正，專門家推稱之，唯文學底價值則不及桃花扇。乾隆間蔣士銓的藏園九種曲裏不少佳作，但戲曲以他爲最後的殿軍而向衰運，爾後已無可足觀之作。

戲文上所用的南方樂曲，從元至明中葉之間，由其所流行的地方而生派別，其有最古之傳統者，想是發生自浙江海鹽的海鹽腔。他的起源，據元姚桐壽的樂郊私語，則似爲元中葉其地有楊梓鼓吹南北曲的結果。因爲楊梓有豫讓吞炭等的雜劇之作，所以喜歡北曲的吧，這想是此地開歌曲流行之端，而至生南曲之一派的。其他，從江西弋陽起弋陽腔，從浙江餘姚起餘姚腔，還有浙江的慈谿、黃巖、永嘉等也是戲劇流行的地方，故想係爲一派之腔的，但不詳知。這些南曲所用的樂器，主要的是鼓板（即太鼓和拍板）或加以笛。及大約是正德年間，江蘇崑山出魏良輔，本海鹽、弋陽二腔，變之而別創一派，樂器也增加絃樂管樂，極有趣，謂之崑山腔，略稱崑腔或崑曲。此腔次第盛行，遂壓倒他腔。北曲的雜劇，到明中葉止還保持着命脈，但後來漸次衰微，至萬曆間差不多已失去了獨立的存在，而崑腔合併北曲，往往雜之於南北曲中，到近年仍接續着同樣的狀況，故粹純元的北曲系統，早已亡失，唯崑腔上所收入的北曲，與崑腔一起傳到現在。元之雜劇，有十數折今日還可能唱的樣子。從清乾隆末季陝西及湖北等地方的土戲開始進出中央，似乎侵占了崑腔的勢力。當時稱崑腔爲雅部，一括地方的土戲稱爲花部，或曰亂彈。花部投合時好，漸趨隆盛，其中以發生於陝西的西皮調與發生於湖北的二黃調最得勢，清末以來合併稱爲皮黃調，因北京成其流行的中心，故或亦稱京調。這在現在，成了中國劇的代表者，但其曲本大概都很俚鄙，文學底價值甚低。上面所述的戲文，大都以崑腔演之，可是崑腔今日已達衰微之極。崑腔之外，弋陽腔尚存命派，多用和崑腔同樣的曲本，然此亦殆至滅亡，人棄之尤甚於崑腔。

（附）諸宮調　歌曲的事情第二章中已稍說過，這裏再將最有文學底價值的諸宮調一言之。諸宮調由宋人的碧雞漫志說是北宋神宗哲宗間澤州的孔三傳者所首創，當時士大夫皆能誦之。其曲文之現存的，僅金章宗時董解元（名未詳）所編的西廂及元王伯成所作的天寶遺事和最近發現的無名氏的劉知遠三種。其中完全留傳而且流行最廣的是董氏的西廂，這是一部偉觀的文學底作品，元王實甫的西廂記，係把它改作爲雜劇的，結構完全襲用它。天寶遺事的原本不存，僅其曲文的斷片爲明代的雍熙樂府，清代的北詞廣正韻、九宮大成南北詞宮譜所引用而遺存三十七套而已。劉知遠是俄國學士院只藏一本的珍書，往年吾師狩野先生得其照片，余複照之稍頒同好。關於此書，我曾在支那學雜誌上發表考證，從它比西廂諸宮調較有原始底形式之點去推考，而論定爲其以前之作，然文學的價值究竟比不上西廂。所謂諸宮調，想是本於連結屬諸種宮調之曲而構成的歌曲之意義的名稱。他的形式，以曲文爲主，中間各地方用白話插入簡單的說明及會話，無論那一種都是長篇的，西廂分四卷，劉知遠成自十二回。

本章選讀書目

○宋元戲曲史王國維撰　○商務印書館發行

○中國近世戲曲史日本青木正兒著　○東京弘文堂發行

此書近有王古魯譯本，商務印書館發行。

○曲錄六卷　王國維撰　○晨風閣叢書本　○重訂曲苑本

此爲從宋至清的戲曲目錄。今日可補正之點亦不少，然實名著也。

○古本西廂記元王實甫撰　明王驥德校註　○影印本

○元明雜劇二十七種（明刊）　○影印本

元曲選一百種　明臧晉叔編　○商務印書館影印本

盛明雜劇初集三十種　明沈泰編　○影印本

○臞仙本琵琶記元高明撰　明淩濛初校刊　○影印本

○幽閨記（拜月亭）元無名氏撰　明閔氏刊　○影印本

繡襦記明薛近袞撰　閔氏刊　○影印本

紅梨記明徐復祚撰　閔氏刊　○影印本

○還魂記（牡丹亭）明湯顯祖撰　○暖紅室重刊本　○明刊影印本

六十種曲明毛晉編　○原刊本　○清補刻本

○長生殿 清洪昇撰 ○暖紅室刊本 ○商務印書館國學基本叢書本

○桃花扇 清孔尚任撰 ○暖紅室刊本 ○商務印書館國學基本叢書本

○綴白裘十二集 清玩花主人編 錢德蒼續編 ○通行本 ○石印本

此係乾隆年間集流行之戲曲的雜齣的，不收全本，但有名的段大概都收入；唯曲白改原本之處頗多，這是當時實演上所改的緣故。

○太和正音譜二卷 明朱權撰 ○石印本（與中原音韻合刊）

北詞廣正譜 清李玉撰 ○原刊本 ○石印本

南九宮十三調曲譜二十二卷 明沈璟撰 ○南詞新譜明沈自晉重定（影印）本 ○石印本

○欽定曲譜十四卷 清康熙勅撰 ○商務印書館國學基本叢書本

此書於北曲依太和正音譜，於南曲依南九宮十三調曲譜，明記平仄押韻，極便利。

第六章　小說學

一　文言小說

漢魏六朝的神怪小說——唐之傳奇小說——餘波

漢桓譚的新論上說：『若其小說家合叢殘小語，近取譬喻，以作短書，治身理家，有可觀之辭。』漢書藝文志說：『小說家者蓋出於稗官。街談巷語道聽塗說之所造也。』據此，則在漢代的所謂小說，是採集民間的傳說俗說的。以這種見解追溯先秦，考其實例；如莊子逍遙遊篇謂『齊諧者，志怪者也。諧之言曰……』云云而載着關於大鵬的不可思議的話，『齊諧』亦曰書名，亦曰人名，但無論怎樣，這應該得看做小說家。還有莊子中所記載的許多寓言底神怪談，採小說家之言的想當不少。其外，爲先秦之書的山海經與穆天子傳，四庫全書總目以來把它列於小說家，然它們都記載着神怪底的傳說。如此神怪底說話，由於道家及神仙家的妄說而發展的甚多，漢書藝文志所列爲小說家的書十五種中，認爲與道家及神仙家有關係者占過半數；就中後漢張衡的西京賦所詠『小說九百本自虞初』的虞初周說九百四十三篇的作者，依據藝文志則爲武帝時的方士侍郎——神仙家。至於此類的著作，不止街談巷語的蒐輯，由自己做出來的架空之談甚多，是卽創作，然此類的漢代書今日已不傳，所傳者以魏晉南北朝間所作的書爲最古。神異經、海內十洲記、漢武洞冥記、漢武故事、漢武內傳等，雖託名漢人之著，然實皆魏晉南北朝人所作，四庫全書總目中考證得很詳細。這些都包含着多量的神仙說，爲虞初周說等的亞流。它們大概是雜錄小說的，其中漢武內傳、漢武故事二書，取一篇具全的短篇小說形。漢武內傳是記載西王母及上元夫人下降於武帝的宮殿，授武帝以仙術的事，其文排偶華麗，神仙小說中之傑作，此書題爲後漢班固之作，但日本平安朝的日本國現在書目中記爲晉葛洪所撰。是等之外，晉干寶的搜神記、陶潛的搜神後記（作者有疑問）王嘉的拾遺記、（或有謂係梁蕭綺的僞作）宋劉敬叔的異苑、梁吳均的續齊諧記、北齊顏之推的寃魂志等都是神怪談的雜記。和這些不同類的當做歷史小說而可注目者有燕丹子，其現行本係從永樂大典中抄出的，作者不明，清孫星衍推定爲秦以前的古書，日本的日本國現在書目記爲晉處士裴啓所撰，內容是述荊軻爲燕太子丹刺秦始皇而失敗的事，比史記則多修飾事實，當可看做短篇小說。看來到這時候，雜錄體的筆記小說外，已成立了短篇小說；但是戰國時代的穆天子傳，已連續的記着周穆王周遊天下的事情，或可看作短篇小說之祖也說不定。

入唐，也作種種承繼前代系統的雜錄體的神怪小說，但可注目的新現象，是短篇的傳奇小說的盛行，尤其於內容以戀愛爲主的人情小說的勃興。其最早出現的作品，是張鷟的遊仙窟，此書在日本爲人所愛讀，而中國則早已亡佚，近時反從日本輸入刊行之，其文章修飾得很美，但內容空虛。這一類的小說，事實有趣味者不少，故後世往往有取材之而作戲曲的，例如由元稹的會眞記而成金董解元的西廂諸宮調，以及元王實甫的雜劇，明李日華和陸采的戲文，古今所艷稱；由白行簡的李娃傳，元石君寶成曲江池雜劇，明薛近袞成繡襦記戲文；由蔣防的霍小玉傳，明湯顯祖作紫釵記、紫簫記二戲文；由薛調的劉無雙傳，明陸采作明珠記戲文；由許堯佐的章臺柳傳，明梅鼎祚作玉合記戲文。人情小說以外也有不少事實佳妙者，筆記小說中有趣味的也非常多，供給戲文以多量的材料，詩文的故事上亦極被使用；枕中記、南柯記、柳毅傳、周秦紀行、杜子春傳等，係其著名而且有趣味之作。稱爲唐人小說而被後人尊重的甚多。六朝及唐的小說，宋初勅撰的太平廣記五百卷中遺存頗豐富，明清間的叢書所收的小說，多從此中選出的。

傳承這系統的文言小說，後世亦作之，略舉其著名者：如宋洪邁的夷堅志，搜集異事奇聞極廣，於分量應推古今第一。當做創作而有趣味的，明瞿佑的怪談小說集剪燈新話等便是，至清蒲松齡的聊齋誌異、袁枚的新齊諧、紀昀的閱微草堂筆記最出色，就中聊齋爲文言短篇小說集之最傑出的，閱微爲筆記小說而以敍事文之巧妙勝，清代筆記小說甚流行，此外尙有很多書行世。陳球用駢文體寫燕山外史八卷，屠紳用古文作蟫史二十卷的長篇。要之，宋以後因白話體興起，致有文學價値的作品多在這方面，文言小說極少有足論的。

二　白話小說

宋之說話四家——話本及評話的體例——話本系的短篇小說——評話系的演義小說——章回體的神怪

口語體的小說從講談之類發達來的事情已如第二章所述。南宋時，說話有四種專門，即耐得翁的都城紀勝說：

> 說話有四家。一者小說，謂之銀字兒，如煙粉靈怪傳奇。說公案，皆是搏刀趕棒，及發跡變泰之事。說鐵騎兒，謂士馬金鼓之事。說經，謂演說佛書。說參請，謂賓主參禪悟道等事。講史書，講說前代書史文傳興廢爭戰之事。最畏小說人蓋小說者能以一朝一代故事頃刻間提破。（此後有合生云云商謎云云之記事）

於這記事上，說話四家如何分別，頗不淸楚。近時周樹人氏的小說史略中有解做（一）小說，（銀字兒說公案說鐵騎兒）（二）說經說參請（三）講史書（四）合生的四家；孫楷第氏也大約從之，復合併商謎於合生而視爲一家；我則不取合生以下。合生是出於唐之胡樂的一種歌曲，商謎是解謎者，這些不能想做所謂說話之類，且合生與商謎必爲別種之技。我的意思則解爲（一）銀兒字、（二）說公案、鐵騎兒（以上兩家總稱小說）（三）說經說參請、（四）講史書的四家。銀字兒是笛之一種，此一家該是當說話之始，因講談者吹之，故得此名吧，這個依都城紀勝上有『商謎、舊用鼓板，吹賀聖朝聚人。』之語可以類推。右文中說明這一家而有『煙粉、靈怪傳奇，』煙粉與雜劇十二科中的『烟花粉黛』同樣，爲妓女及其他的艷情談；靈怪是怪談，這二類的傳奇，應卽以奇談爲其專門之技。說公案的說明有『搏刀趕棒，』這和雜劇十二科的『鏺刀趕棒』同樣，是武勇傳；『發跡變泰』的發跡是立身出世的事情，但變泰不詳。鐵騎兒是武士的戰事談，說公案想是如水滸傳的民間勇士的武勇談，都城紀勝中還說：『傀儡敷演煙粉靈怪故事，鐵騎公案之類。』把兩者相對舉之，從常識推想是一文一武，自可分別專門的。說經以下上面的本文已說得明白了。此外，南宋人的東京夢華錄、（卷五）武林舊事（卷六）中見到『說諢話』之語，從字義推考，則是以滑稽談爲專門的，也是一種說話家。在日本稱白話小說爲諢詞小說的術語頗流行，最初是森槐南氏開始使用的，但係誤用。其出典好像是用佩文韻府的『傳奇』字下所引輟耕錄的『唐有傳奇，宋有戲曲諢詞小說』云云之語，然今日通行的汲古閣本的輟耕錄則爲『唐有傳奇，宋有戲曲唱諢詞說。』我想汲古閣本比較正確，蓋『諢詞』之語，另外找不出，『唱諢』則院本題目上也見着『喬唱諢』的題目，且有用例。『詞說』若不是『詞話』之誤，就或是同義的；詞話係小說的別名。假令從佩文韻府，也可以分諢詞與小說爲兩種，諢詞必定爲諢話。唱諢之類，而諢乃滑稽之義。

筆錄小說家之話的話本，是白話短篇小說之源；筆錄講史書家之話的平話，是白話長篇小說之源。作爲南宋人的話本之例，京本通俗小說殘本七種現存着；作爲平話之例，五代史平話現存着。作爲可得類推說經家之話的，唐三藏取經詩話留存着。今由此等窺探說話的樣式，小說和講史大略同樣。小說在入於本題之前，舉詞或詩的幾篇，例如通俗小說中的碾玉觀音上舉十一篇，西山一窟鬼上舉十六篇，其他則每舉一篇；用當時的術語呼之爲『得勝頭迴』，這在通俗小說中的錯斬崔寧的冒頭上用『且先引下一個故事來，權做個得勝頭迴』的，即其證據。明郎瑛的七修類稿中有『小說得勝頭迴之後，即云：話說趙宋某年』，這也可解作此義。元關漢卿的救風塵雜劇（第四折新水令）中有『怎禁那得勝葫蘆，說到有九千句。』這是冷笑僅長於事件的前置而在入本條路之處失敗了的事情之語，但指爲與得勝頭迴同樣的，當不差錯。元之北曲仙呂宮有『勝葫蘆』曲，雙調有『得勝令』曲，『得勝頭迴』『得勝葫蘆』似乎與歌曲有關係的名稱，或是出自小說的開頭普通所唱的歌曲之名也未可知。至於敍述與本題的事相類的一種小話以代替這詞或詩的也有，錯斬崔寧卽其一例。其次於說話的主要處及篇末引詩之兩句或四句這是通例，例如碾玉觀音所記：

當時崔寧買將酒來，三盃兩盞，正是：

三盃竹葉穿心過　兩朵桃花上臉來

之類。這樣的格式好像叫做『留文』救風塵雜劇中（第三折滾繡球）有『那唱詞話的有兩句留文：（咱也曾）武陵溪畔曾相識，今日伴推不認人。』的作爲講詞話者的留文而舉七言詩二句，這便是其證據。又中間要形容的地方往往有插入四六駢體的綺語，例如西山一窟鬼所記：

兩個出那酒店，取路來蘇公堤上，看那遊春的人，眞個是：

人煙輻輳，車馬駢闐。只見和風扇景，麗日增明。流鶯囀綠柳陰中，粉蝶戲奇花枝上。管絃動處，是誰家舞榭歌臺；笑語喧時，斜側傍春樓夏閣。香車競逐，玉勒爭馳，白面郞敲金鐙響，紅妝人揭繡簾看。

像這樣的穿插，當時叫做什麼，不大詳細，但明代的清平山堂話本中往往呼之爲『詞』。以上三體，於小說上用之頻繁，平話則少使用，蓋或由於小說以婉轉爲旨平話直截談述的性質不同之故。而這樣式到清代的白話小說止，還繼承着因爲它們雖然是成了閱讀的小說但畢竟未脫講談的口調。

宗代的話本之確實者（卽宋代刊本，）現在還沒有發見，清初錢曾的也是園書目有列舉宋人詞話十二種，這些恐怕是宋板的。京本通俗小說是從影寫元刊本的本影印的，其中與錢曾的書目題名相合者有錯斬崔寧，馮玉梅團圓二種，想或是同一之本。其他從內容及所引的詩詞推考之，通俗小說大槪是宋人的話本。近年被論定爲明嘉靖年間刊本的話本，有清平山堂話本十五種與雨窗欹枕集十二種二書，前者的原本爲日本內閣文庫所藏，後者的原本爲北平馬廉氏所藏，皆影印行世。不可思議的，這兩書同爲清平山堂所刊行，各皆不是完全本，書的原名不知道，便宜上乃給予如上面之名。其間所收的話本，似雜着新舊，中間與錢曾的書目題名相合者有西湖三塔、簡帖和尙二種，這想大約也是採宋人的話本的，其他想許是依據宋人的話本者也不少，但是否以通俗本的性質而將古本照原樣刊行，頗有可疑。次之，明末所刊行的喻世明言、警世通言、醒世恆言、拍案驚奇初刻二刻，（謂之『三言二拍』）爲短篇小說集之有名的，近來其研究大進步，惜大多屬於珍本難備置一般之座右。云『三言』中多半採宋代的話本。從這三言二拍裏拔萃出來的，爲明末或清初所編的今古奇觀四十種，今盛行着。那些大概是删改宋之話本及其模擬作。立於這系統之外的，有明末人之醉醒石、西湖二集等；入清以西湖佳話最著名。

講史書的系統者：新編五代平話宋板現存着，已有影印。次之，元板的全相平話，爲日本內閣文庫所藏，其中僅三國平話影印公世。這兩種都一樣的幼稚，文學底價值不及京本通俗小說。其他有介乎講史與小說之間的大宋宣和遺事，清黃丕列的士禮居叢書中稱爲宋板影印而收之，普通說是宋人之著，亦有懷疑的人，其中的事蹟，爲水滸傳的先驅。承平話的直系，演義小說發達起來了，最初著名的是元末明初人羅貫中的三國志通俗演義，從來的通行本，係清初毛宗崗改訂的，近年明弘治年間的古本曾影印出，但文章不同，這可算演義小說中的白眉。次之有明嘉靖間徐渭的雲合奇踪（一名皇明英烈傳。）其他明清間的演義小說非常多，如西漢演義、開闢演義等等之類。這類的作品，多不越講談本的程度，可作大衆的讀物，民間甚流行；唯當做歷史小說而有文學底價值者，三國志以外幾乎沒有。從講史稍變易而作爲一時代的特殊事件的（可看做講史的旁系）有忠義水滸傳，此書也有說是元施耐庵之作，也有說是其門人羅貫中完成的，但要之，好像明人入手變化來的。現存的最古本是明萬曆年間李卓吾批點的百回本，根據這而稱爲其門人所刊行的百二十四本次之。又有一種明刊的百回本，近年已付鉛印公世。從前通行的清初金聖嘆批評的七十回本，不獨減少回數，文章也刪削了很多。水滸的故事是北宋末的事情，在宋代關於這類的巷談俗說已流行種種，其現於文學上者，以宣和遺事爲最古，元的雜劇以此爲題材的也不少，於是民間的說話家們怕也以此爲所謂鐵公案的好題材而處理着了，其完成者爲水滸傳，它不是單純的演義，不獨優美的達於創作的境域，且結構描寫巧妙事蹟佳絕的地方很多，不用說當是中國小說中屈指的傑作。續之有作後水滸傳、蕩寇志等，後者亦足觀。還有屬於這類的，以平妖傳四十回爲著名，係明末馮夢龍增補羅貫中之作的。

可擬於說經類者，大唐三藏取經詩話及同書異名大唐三藏法師取經記同爲三卷之宋板本留傳着，這是說經而兼靈怪的文學的價値低微，但作爲後世有名的西遊記之先驅，在文學史上是可注目的。西遊記一百回，明嘉靖萬曆間人吳承恩之作，以三藏法師往印度取經的事情爲題材，以敍述途中出了奇異神怪的事情爲主眼。這元來不是汲說經之流的，然三藏取經的的話，是神怪談的好題目，所以金元的院本名目上也有唐三藏，元吳昌齡的雜劇西遊記六本二十四折，明萬曆年間的刊本現存着，想或不是吳承恩的西遊記之所本，但周樹人氏的中國小說史略推論東西南北四遊記中的西遊記，楊志和作，乃本於四十一回而作的，可是這作者楊志和的年代未詳，與吳承恩的前後難以確定，或是爲着合編四遊而節略吳承恩之本吧。此類的神怪小說，尙有明人的封神演義一百回等。淸李汝珍的鏡花緣一百回也屬於這系統，近時頗流行。

人情小說的長篇，以金瓶梅一百回爲現存之最古的第一傑作。此書的作者未詳，明人的顧曲雜言裏謂爲嘉靖間的大名士之作。題爲明萬曆板金瓶梅詞話本，近時已在北平影印出，這是最古的板本，比通行的張竹坡評本之系統本，起頭的編次有差異，文章也有多少出入。這小說取水滸傳中武松之事，及其兄武大郞之妻潘金蓮和西門慶的情事爲發端，以西門家做中心而描寫市井的風俗，事頗極於淫靡，然描寫甚巧妙，有不許他作追從之處。承其後者有清初丁耀光的續金瓶梅六十回，頗寓警戒之意，但理過於屈，遠不及原作的純情底。還有叫做隔簾花影一書，不過變換金瓶梅的人名而刪略之罷了。望金瓶梅之風而起的明末清初的人情小說中有玉嬌梨二十回，平山冷燕二十回，好逑傳十八回，作者皆不詳，各有歐譯本，在歐洲很著名。至清乾隆間，紅樓夢一百二十回出，得窺視那些羣小，直接追跡金瓶梅。前八十回曹霑作，後四十四回高鶚續作，原名叫石頭記，後改今名。此書寫滿洲貴族家庭的日常生活，極力描繪兒女的性情，於描寫的緻密，當可與金瓶梅稱雙璧，於性格的表現則在金瓶梅之上，且其結構手法是近代的，一脫從來理想主義的窠臼而近於自然主義。高鶚的續作，筆力也不減原作，亦有認爲卻過之。在近世這樣流行的小說，他無比類，好事之徒往往將書中的事蹟徵之史實，欲定其所影射，逞種種的臆說，遂至連「紅學」的名稱也有了。近時胡適氏探討作者的傳記，立此作是其自敘傳底作品等之論，（胡適文存中紅樓夢考證。）此說最合理。繼高鶚之後，更欲續之者，有後紅樓夢、紅樓後夢等十數種，但多半都是說不出的劣作。作爲戲曲的也有三種。

可以看做社會小說的，有清乾隆間吳敬梓的儒林外史五十六回，描寫當時的讀書階級的側面觀，兼作者自身及其周圍的文人生活，罵倒科舉中齷齪的時文之士，爲文藝之士吐萬丈氣的痛快之作。此書於結構上爲一種新體，卽事件絡繹地用某種開頭移轉着，前後沒有起伏照應，各事件也不加以結束，也沒有始終一貫的條路，這是其他所無的體裁。其描寫的纖巧和行文的流麗，亞於金瓶、紅樓，結構的博大和筆致的遒勁不及水滸，但其給與嘲世諷俗之深刻的印象與一掃書卷氣味之點，爲別的作品所不見比擬的，當可與紅樓並稱清代小說之雙璧。清初李漁以來，以三國志、水滸傳、西遊記、金瓶梅爲四大奇書，現在我們可以加上紅樓夢、儒林外史爲六大奇書吧。還有可屬於此派的，有清末李寶嘉的官場現形記六十回，吳沃堯的二十年目覩之怪現狀一百八回，劉鶚的老殘遊記二十回，各皆描寫清末社會的側面的，可稱佳作。此外可看做武俠小說的，有清康熙間夏聲的野叟曝言一百五十回；中間不是僅以武俠爲主，尙有許多奇拔的情節。道光間文康的兒女英雄傳五十三回，完全是武俠小說，結構也很嚴整。其餘還有不少此類的作品，但都不大有名。

本章選讀書目

○中國小說史略魯迅撰　○北新書局發行
○中國通俗小說書目孫楷第編　○國立北平圖書館發行
○唐宋傳奇集魯迅編　○北新書局發行
太平廣記五百卷　宋太平興國年間勅撰　○影印本　○石印本
○宋人話本八種（即京本通俗小說）一册　○亞東圖書館發行
○三國志通俗演義元羅貫中撰　○商務印書館排印本　○通行本
○水滸傳　○商務印書館排印本　○亞東圖書館本　（亞東本皆有胡適的考證或序）
○西遊記明吳承恩撰　○商務印書館排印本　○亞東圖書館本
○紅樓夢清曹霑撰　○商務印書館排印本　○亞東圖書館本
○儒林外史清吳敬梓撰　○商務印書館排印本　○亞東圖書館本
○今古奇觀　○商務印書館排印本

第七章　評論學

評論的種類及其發達的途徑——六朝的評論書——唐的評論書——北宋的詩論——南宋的詩論——元明清的詩論——宋以後的文章論——詞論——曲論——小說批評

四庫全書總目詩文評的序論上，論古來的詩文評書得分爲五種：（一）極文體之源流，評其工拙者。（二）品第作者之甲乙，溯其師承者。（三）備陳法律者。（四）旁採故實者。（五）體兼說部者。我把它敷衍修正，試分爲下列六種。

（一）品評作品者。（梁鍾嶸詩品等）

（二）記關於作品之故實者。（唐孟棨的本事詩等）

（三）論文學之體者。（晉摯虞的文章流別論等）

（四）說文學之理論者。（唐釋皎然的詩式等）

以上四者是文學評論的要素，假如要嚴格的說，則第二的故實類可以除外。更有兼此四要素中之某種的，這又有兩種區別：

（五）系統底論述者。（梁劉勰的文心雕龍等）

（六）隨筆底雜錄者。（宋歐陽修的六一詩話等）

這兩項祇不過記載法的不同，但宋以後隨筆底評論書之著甚多，所以有立這分別的必要。

這裏先探討文學評論發達的途路，其胚胎已在周代，書經舜典上所謂的「詩言志」是文學理論的萌芽，論語爲政篇說：「子曰：詩三百，一言以蔽之，曰思無邪。」八佾篇說：「子曰：關雎樂而不淫，哀而不傷。」這不外是品評。周禮春官上有「大師……教六詩：曰風、曰賦、曰比、曰興、曰雅、曰頌。」分風、雅、頌，是詩的體論；分賦、比、興，是詩的理論。春秋左氏傳隱公三年所謂：「衞莊公娶於齊東宮得臣之妹，曰莊姜，美而無子，衞人所爲賦碩人也。」這是述說詩經衞風碩人詩所由作的故實。其他、孟子、荀子等中亦散見批評之語。由是觀之，則文學的品評、故實、體論、理論四者的萌芽，可謂悉備於周代了。至漢，其論益加精密：品評之例，如淮南王的離騷評，班固的駁論，即是；故實之例，如詩經毛傳的小序上往往記作品的由來等，及楚辭王逸章句敘各篇卽是體論之例，如詩經大序中論風雅頌之義，漢書藝文志論小說家及詩賦之體卽是理論之例，如揚雄的法言吾子篇之論賦，王充的論衡中超奇、語增、儒增、藝增、佚文等篇往往論文章卽是。這些評論漸臻精密，然未能找出作一篇文專論文學的，成一篇者，創始於魏文帝的典論論文篇，典論已亡佚不傳，僅論文篇收在文選裏，那是短評當時代表底文士所謂鄴下七子之文，幷說及屈原賈誼等，略說奏議、書論、銘誄、詩賦、四體的特質，述『文以氣爲主』的理論，一篇中接觸到品評、體論、理論三方面。（稱爲文帝所著之詩格一卷，係僞書。）其後論文的篇著漸興，梁鍾嶸的詩品（卷中）裏列舉其五種之名：陸機的文賦、李充的翰林、王微的鴻寶、顏延之的論文、摯虞的文志卽是。王微、顏延之同爲宋人，其論文今不可知，其他都是晉人。陸機的文賦載在文選，論詩賦文章之理頗詳。依隋書經籍志，李充有翰林論三卷，摯虞有文章流別志論二卷，另外還有文章流別集六十卷之著，這是詩文總集之始，其志論或是作爲總集的附錄而企圖評論的。李充的翰林在梁代也載有五十卷，所以他的翰林論當也是總集所附錄的論。這樣看來，文學評論之爲若干卷完全的書者，其起源畢究是件隨總集的發生作爲其附錄而解說的。二書皆已亡佚，清嚴可均的全晉文中拾集流別論十一條、翰林論八條，前者主要論文體，頗精密，後者品評作家和作品。

在宋，王微、顏延之的論述外，顏峻的例錄二卷，附錄於謝靈運所撰的詩集百卷裏。至齊梁間，沈約等倡起關於詩文的聲調之論，沈約有四聲譜一卷，王斌有五格四聲論，甄琛有磔四聲論等，皆不傳，唯作爲當時之著的劉勰的文心雕龍十卷、鍾嶸的詩品三卷現存着。文心雕龍實爲完備的文學概論，立有系統，全書五十篇，可以大別爲六部：（一）從原道至正緯五篇論文之起源。（二）從辯騷至書記二十一篇論各文體及其源流。（三）從神思至定勢五篇論作文的基礎。（四）從情采至隱秀十篇論修辭法。（五）從指瑕至程器九篇多互論文學的全體，可看做總論。（六）序志一篇是自序。除卻自序，其他都立於文原論、文體論、文礎論、修辭論、總論那樣的組織上，的確是空前絕後的完備的評論，其序志篇也自負着說：『魏典密而不周，……陸賦巧而碎亂，流別精而少功，翰林淺而寡要。』此書是代表當時的文學思潮的論述，但旁取漢儒的儒家思想底文學說，有欲矯正時流之徒趨於文飾流於浮華的弊風之意。依其序志篇所自述，他曾想作經書的註釋，但這方面後漢的學者已盡力着了，於是停止這念頭而作此論文之書，是可知其抱負之大；所以他稍帶儒家底臭味，以爲文以經爲翼賛故有價值，又想經是一切文學的根源，否則也要抱容經於文學之中的樣子。

其次，鍾嶸的詩品是分漢以來的詩人一百二十八爲上中下三品而品評的，但其中品的序上說：『嶸今所錄，止乎五言，雖然網羅古今詞文殆集』（「文」疑是「人」之誤）論沈約條說：『約所著既多，今剪除淫雜，收其精要。』若從這口吻去觀察，則鍾嶸另外還編有總集，此書當爲其附錄，這恰和流別論翰林論等的情形同樣。他對於詩的見解的中心，以爲詩的本質是在吟咏性情，能直敘性情便足，不要用什麽典故，幷慨嘆宋以來詩文上繁用典故之弊風的興起。他又表示不滿意於沈約等的聲調說，罵痛「蜂腰」「鶴膝」卽民間的歌謠上亦備之，所以他於上品取性情之流露者及工於修辭者，中品主要取修辭優美者，下品收性情修辭皆劣者。他說文學上定品第的事情是他自已開始的，按於文學上或者是他開始的，然於畫論已有齊謝赫的古畫品錄嘗試過，從歷史上看到自魏武帝時起至晉代止，曾有分人才登庸的標準爲九品，是則於文藝上分品第的風氣，可謂係其餘波。此外尚有題爲梁任昉所著的文章緣起一卷現存着，依隋書經籍志，任昉及姚蔡同有文章始一卷，而載任昉之書已亡；那麽現行本或是姚蔡之著吧。

唐代的評論書得知其目者，合宋代編著的崇文總目、唐書藝文志、直齋書錄解題、郡齋讀書志、通志藝文略所著錄，有二十幾種，但現存者不過六七種，而其中也有不是原本的原樣的。最初從初唐至盛唐有吳兢的樂府古題要解二卷，其內容如書名所示，雖非評論，但爲樂府研究的重要之書。此書宋郭茂倩的樂府詩集中以樂府解題之名引用於各處，故四庫全書總目疑現行之書係從樂府詩集裏抽出而編輯的，幷非舊本，我試對校二書，此書的文很詳細，樂府詩集的文多簡略處，且有此無彼者亦有若干，其非爲輯本也明矣。其次、中唐之初有釋皎然的詩式五卷，（十萬卷樓叢書本五卷完備，別的叢書中者，皆爲一卷，非完本。）第一卷主要論詩法的原理，其餘的四卷分詩品爲五⊙格，各舉古人詩句之例而品評着，於不品第作者而品第作品的一點和鍾嶸的詩品不同，這可以示其批評的方法更爲精密。他對詩的論調，在修辭和思想的兼備，大抵以持中庸爲得體，而詩格分五類，以不用故事者爲最上格，工用故事者次之，用於露骨者又次之，不關故事之有無而品格低卑者再次之，情格俱下者爲最下等，又特別於可稱絕唱的詩設評語而詳論之，這大有啓發我們的。他還有詩議一卷，主要是論詩的修辭法。

至晚唐孟棨的本事詩一卷，多載關於唐代詩人有趣味的逸事，頗著名。司空圖的二十四詩品，分詩趣爲雄渾、沖淡、纖穠、沈着、高古、典雅等二十四品，各以四言十二句的韻語形容其趣致，用象徵底暗示底的論法，其詩趣分類的項目甚佳，故後世評詩往往借用之。又他的文集（司空聖表集）中有與李生論詩書、與王駕評詩書等的詩論，尤其前者引醋和鹽的比喻而說味外之旨、言外之致的一條，誘導後來王漁洋的神韻說，極著名。其次僧齊己的風騷旨格一卷，立十體、十勢、二十式、四十門、六斷、三格等項目而試詩趣及詩體的分類，但以所立的項目太多，故陷於重複蕪雜之弊。張爲的詩人主客圖一卷，是很特別的，它分中唐晚唐的詩人爲六派，各派以一人爲主，以其他爲客，附之以等級而定品第，舉諸人的詩句爲例，茲舉六派及其主：廣大教化主白居易，高古奧逸主孟雲卿，清奇雅正主李益，清奇僻苦主孟郊，博解宏拔主鮑溶，清奇美麗主武元衡。此書四庫總目不錄，李調元始收於函海中，其實這是把宋計有功的唐詩紀事上所引之文抽出而整理的輯本，校對兩者，一一符合，不出唐詩紀事引用的範圍。現存的書大約已盡於右，唯依書目而得知道的，如范傳正的賦訣一卷、王瑜的文旨一卷等之論賦及文章者有若干，然皆不傳，傳者僅詩論而已。至如韓愈的答李翊書、答劉正夫書、與馮宿論文書，柳宗元的答韋中立論師道書、與友人論文書，李翶的答王載言書等，於諸家的文集中可以找出論文章的文。尙有附帶說的，日本弘法大師的文鏡祕府論六卷是彙集六朝及唐代的文學論而組織的修辭論，中間於原本已佚的書往往被引用着，例如唐元兢的髓腦、崔氏的唐朝新定詩格、著者未詳的文筆式等是，其他不出書名祇示姓氏而引用其說者也很多，可謂聚萃六朝唐代修辭說的精華之作，近年中國曾翻印之。

從宋中葉開始出了很多詩的評論書，最初爲其始者係神宗熙寧間歐陽修的六一詩話一卷，次之者爲司馬光的續詩話一卷（係續歐陽書故名，）劉攽的中山詩話一卷也和他們略同時出來的，各皆以隨筆體記述詩的品詳、理論、故實等，不能說是一貫的理論，後來此體的著述漸盛，及至淸代，畢竟是關於詩的雜話，故稱之爲『詩話，』北宋末許彥周自序其詩話曰：『詩話者辯句法，備古今，紀盛德，錄異事，正訛誤也。』這足以代表宋人對於詩話的定義，到底於理論、品評、故實之外，給加上『正訛誤』一項，歐陽修的詩話說：『詩人貪求好句，而理有不通，亦語病也。』其例：以唐詩的

「姑蘇城外寒山寺，夜半鐘聲到客船。」句固佳，但非難其三更不是打鐘的時候。這就是『正訛誤』的一例，其說之是非，後來有種種的議論，然足見宋人重詩之義理的風氣。蘇軾不作詩話，但由後人所集成的東坡詩話、東坡詩談錄、東坡文談錄等可以看出其評論。東坡門下有陳師道作後山詩話一卷，四庫總目疑為非原本的原樣，但往往錄蘇東坡、黃山谷的詩說或論其詩風及其詩學之所本，實有益的資料。

後山詩話以後，至南宋初期的詩話，現着兩種顯著的傾向：一為元祐紹述二黨的政爭的反映，一為唐杜甫詩的流行。元祐黨是承歐陽修、司馬光等的系統的文學上最著名的人是蘇軾；紹述黨是王安石的一派，於詩壇上這兩派也取對立的形勢，其主張的根本不同，蘇軾一派重詩的氣格，王安石一派重修辭。最初東坡門下的黃庭堅往往非難王安石的詩，例如後山詩話載其語曰：『荊公之詩，暮年方妙，然格高而體下，如「似聞青秧底，復作龜兆坼」乃前人之所未道……然學二謝（謝靈運謝朓）失於巧耳。』冷齋夜話曰：『荊公曰：前輩詩云「風定花猶落」靜中見動，「鳥鳴山更幽」動中見靜。山谷曰：此老論詩，不失解經之旨趣，亦何怪乎！』之類是也。與之相對，當時附安石之黨的魏泰的臨漢隱居詩話，評歐陽修的詩曰：『才力敏邁，句亦清健，但恨其詩少餘味。』評黃庭堅曰：『一二奇字，綴葺成詩，自以爲工，其實所見之僻也。故句雖新奇，而氣乏渾厚。』但對王安石，則盛大地推稱其佳句。此間尙有屬於蘇黃之派者，有僧惠洪的冷齊夜話十卷，許顗的許彥周詩話一卷、張表臣的珊瑚鈎詩話三卷、朱辨的風月堂詩話二卷、吳可的藏海詩話一卷等，皆尊重蘇黃，多載其一派之事。承王安石派的，僅葉夢得的石林詩話三卷著名，他推重王安石，激賞其造語用字之工，而非難歐陽修的詩主氣格，言多平易疎暢，學之者往往失於快直。

其次，對杜甫詩的尊敬，從北宋末期成爲顯著，南宋的詩話幾乎沒有不論及杜詩的，竟呈着這樣的盛況。其始王安石酷愛杜詩，編四家詩置杜甫於第一，餘依歐陽修、韓愈、李白之順序編選，當時諸家間對他出了種種的意見，（漁隱叢話杜少陵條集之）以杜詩爲第一自無異議，唯有非難其置李詩於下，總之鼓吹杜詩是始於王安石，故屬於其派的葉夢得的詩話也盛論杜詩。一方面於元祐黨，歐陽修不愛杜詩而尊韓詩，蘇軾寧學李詩，唯黃庭堅甚愛杜詩，極力學之，據後山詩話所云他學杜是受他父親黃庶及外舅謝師厚的影響。而後進慕黃庭堅之詩風的人很多，當時呂本中錄這一派之主要的詩人作江西詩社宗派圖錄，以黃庭堅爲祖，列陳師道以下二十四人，因爲黃是江西人的緣故，遂至稱之爲江西派。到南宋之初，這流派益趨盛大，詩壇直接間接受其影響的甚多，於是尊崇杜詩之論殆定，的確可以說是詩話沒有不論杜詩的，試就南宋胡仔集成北宋以來之詩話的苕溪漁隱叢話看來，於評論杜詩的分量占評論李白的十倍以上，觀此一事，亦思過半矣。又當時蔡夢弼的草堂詩話二卷專集宋人論杜詩之語二百餘條；張戒的歲寒堂詩話二卷，其下卷專論杜詩者至三十三條之多。（「武英殿聚珍版」本歷代詩話續編存之，其他的叢書本皆被節略。）這風氣繼續到後世，遂確立杜甫之詩聖的地位，誰也沒有懷疑的。

南宋人的詩話很多，大概都是雜然的隨筆體，明李東陽於他的麓堂詩話上總評之曰：『唐人不言詩法，詩法多出宋，而宋人於詩無所得，所謂法者，不過一字一句對偶雕琢之工，而天眞興致則未可與道，其高者失之捕風捉影，而卑者坐於黏皮帶骨（宋人的詩論上用此語。依用例而推，想是淺膚露骨之意。）至江西詩派爲極。』這稍有點酷評，然確指摘其缺點。在此間最得要領的是姜夔的白石詩說一卷和嚴羽的滄浪詩話一卷，白石的所尊在一個『妙』字，把它置於『工』的上位。

滄浪加以禪理之味而提起『妙悟』二字，然妙悟在那裏？以『入神』爲其極致，因而尙詩的興趣，興趣最豐富者取盛唐的詩，以之爲詩的極則。這詩話分詩辨、詩體、詩法、詩評、詩證五門立着系統，明王世貞、李于鱗等最奉其說，清初王士禎的神韻說也受其影響。這裏尙有可注目的是集成宋人詩話之書的出現：最初北宋末宣和年間阮閱編詩話總龜九十八卷，這是類別事項集前人的詩話；續之者南宋初期胡仔所編的苕溪漁隱叢話九十卷，這是從所評的詩人追其年代而類別之；最後爲南宋末期魏慶之所編的詩人玉屑二十卷，前半將概論詩法的系統的集成之，後半集歷代關於詩人的批評體例最備；由這三書可以盡兩宋詩話的大觀了。

至元，有數種詩話，就中楊載的詩法家數與范德機的木天禁語、詩學禁臠，系統的概論詩法，主要爲作詩者的啓蒙底著述，四庫總目以其說鄙近且斥爲僞託之書，然其論詩格的一點，得謂遙繼唐代詩論之跡。至明詩話之現行者約有四十餘種，茲試舉其左右詩壇的名著二三種，成化弘治間有李東陽的麓堂詩話一卷，他說破把由眼而得知的詩之體格與訴於耳而得覺的聲調，必要就古人之作十分研究之。所謂格調說便始於此，其門下之李夢陽、何景明祖述之而大叫絕於天下；然這兩人沒有詩論的專著，僅於其文集中散存意見而已。至嘉靖間，李于鱗、王世貞續格調說的餘緒，李無專著，王有藝苑巵言八卷。其他楊愼的升庵詩話十四卷以該博稱，胡應麟的詩藪三卷把歷代的詩以時代分別評論之，於詩史的性質上是有價値的。到清代因時代不遠所以現存的詩話有很多的數量，其主要的爲清初康熙間詩壇的大宗王士禎的漁洋詩話三卷，（門人等更集成其詩說編帶經堂詩話三十卷）他標榜所謂神韻說，大啓後進，其說源出於唐司空圖的詩品、與李生論詩書及宋嚴羽的滄浪詩話，對於神韻，他沒有下什麼定義，要其所尊的是離開造語用字的技巧及構想之妙，僅誦讀它而能感到韻致的縹緲的。當時趙執信著詩話談龍錄一卷，竊誹漁洋之說。稍降，乾隆間袁枚提倡性靈之說，其主張專任性情的流露，不拘泥詩法，且欲清新機巧，其源可以看做遠出於梁鍾嶸詩品的吟咏性情說，他有隨園詩話二十六卷。同時沈德潛的說詩晬語二卷以詩史底眼光略評歷代的詩家，旁及理論，見解頗公正，爲初學者應讀的好書。其他趙翼的甌北詩話十二卷，就唐李白、杜甫、韓愈、宋蘇軾、陸游、金元好問、明高啓、清吳偉業、査愼行的詩，各人分別評論之，甚有益。

關於文章論，沒有詩論那麼多的著述，北宋末以來始漸現專論之者，最初陳騤的文則二卷是崇尙先秦簡質的古文，詳論那些文體修辭用語之法而出色的著作，李耆卿的文章精義一卷稍帶道學臭味，王正德的餘師錄四卷集成宋人的論文之語，僅拔萃其論之佳者，惜編次亂雜無序。以四六文爲主的有王銍的四六話二卷、謝伋的四六談麈一卷。元人之著：陳繹曾的文說一卷論文的結構造語極精密，有修辭學的價值；王構的修詞鑑衡一卷拔萃宋人論詩及文之語，頗得要。至明歸有光便嘗試批評的新方式，他採取於作品的本文施以五色的圈點和記號，用以表示文之結構及妙處的方法；（如他所評點的史記便是）這固然不一定是他的發明，但後來大流行，不獨於文章，乃至戲曲或小說的評語亦採用之。明末方以智的文章薪火二卷，清初魏際瑞的伯子論文一卷，魏禧的日錄論文，這些都是雜錄古文的品評及理論的。道光間劉熙載的文概（藝概的文章之部）是談古文的隨筆。清末薛福成的論文集要四卷，主要是集清代古文家論文的文字，選擇很好，最便於明白桐城派的論調。（以上大抵收於文學津梁中。）

塡詞方面：最初有南宋初王灼的碧雞漫志五卷，述唐宋間歌曲的由來變遷及詞評，故實尊崇蘇東坡的詞，痛罵柳永，其音樂底方面之研究，最可注意的。南宋末沈義父的樂府指迷一卷，張炎的詞源一卷，同是論作詞的要法，可資參考的甚多，後者論到詞之音樂底方面，沈義父推崇周邦彥的詞，張炎以時俗不滿於專推周邦彥，乃論可以兼取秦觀、高觀國、姜白石諸人的長處，見識較高。元陸韶的詞旨一卷，係著者師事張炎而筆錄師說的，其說與詞源相出入。明清間的詞話很多數，但和詩話同樣，大概是隨筆體的，其中我讀過的沒有若干，尚無識別好書的資格，曾一閱者，如明王世貞的藝苑卮言（內一卷詞評）及清毛奇齡的西河詞話一卷、彭孫遹的金粟詞話一卷、方成培的香研居詞麈五卷、吳衡照的蓮子居詞話四卷、宋翔鳳的樂府餘論一卷、蔣敦復的芬陀利室詞話三卷等，各皆有有益的論見；清徐釚的詞苑叢談十二卷，廣集古來關於詞的品評理論故實而分類之，非常便利，可惜不記出典。

戲曲及散曲的方面：元周德清的中原音韻卷下有作詞十法，主要是論散曲的作法，但頗延及專門的技巧。顧瑛的製曲十六觀是書名和內容不一致的異樣之作，其實是剽竊張炎的詞源卷下而小改之，殊不足觀。明初寧獻王朱權的太和正音譜卷首有古今羣英樂府格勢（一名涵虛子詞品）短評元及明初的雜劇家散曲家一百多人的作風；至中葉，徐渭的南詞敘錄一卷，略說南曲戲文的音樂底方面和文學底方面，爲具眼之論，値得注目；其弟子王驥德最潛心曲學，所著曲律四卷，系統的地概論戲曲及散曲，甚完備，曲論的大要可謂已盡于此；其友呂天成著曲品二卷，專品評南曲戲文的作品，明萬曆以前之作，大概被評盡了；其他王世貞的藝苑巵言附錄上有曲評，沈德符的顧曲雜言多談着關於戲曲的故實。至淸李漁的閒情偶寄詞曲部，概論戲曲的作法，乃出色之作；李調元的雨村曲話二卷、梁廷枏的曲話二卷、楊恩壽的詞餘叢話六卷，雜論元代以降的戲曲，可取者不少。

小說的批評，想該以明中葉楊愼批評的隋唐兩朝志傳、徐渭批評的隋唐演義爲最早，但原本未曾寓目；次之有李卓吾批評的三國志、水滸傳等。其批評的方法，不過於文妙的地方打圈點以促讀者的注意，稍記載簡單的評語而已，這應該是承歸有光的史記五色評點的餘風吧。這類的批評本，戲曲上也很多。至淸初的金聖嘆，開始詳細批評小說及戲曲的文章，所謂第五才子書水滸傳、第六才子書西廂記的評本即是，其法先題爲『讀法』以概論一書，次於每回的篇首總評那回，然後就本文一一將其用筆之妙評論發微，宛如儒者之註經，極於精密；他的批評啓發讀者的頗多，很可以做參考；其徒毛宗崗倣之而批評三國志演義；但他們的缺點是任意地削除變改本文。其後到了紅樓夢流行，以紅樓夢偶說、紅樓評贊等單行本評論之者也出現了；前者不過無益的冗長之言，後者有相當透澈的批評，頗有趣味。

文學的研究以熟讀玩味作品爲第一急務，這不消說的，但旁亦必要從而傾聽先賢的批評，進而更不能不自去識別批評作品的價值，這理纔有評論學的必要。文學的研究先始於語學，依之而深知作品的意義，這是初步的階段，但也是到最後纏着的。識別及評論作品的價值，這是最高的階段，然而從最初入手時亦可臨以批評底態度；徒埋頭於字句的解釋，僅從事於探討一文一詩的意義，無論到什麼時候也不能養成批評的眼光；反之，若粗略意義的研究，濫加批評，則結果又不免終於空論。解釋與批評互相參進，換句話說：誦讀與體味兩事兼程而進，這是緊要的。

本章選讀書目

○支那詩論史日本鈴木虎雄撰

譯者註：此書有北新書局出版之譯本，書名易為中國古代文藝論戰史。

○中國文學批評史陳鐘凡撰　○中華書局發行

○歷代詩話二十七種　清何文煥輯　○影印本

○歷代詩話續編二十八種　丁福保輯　○鉛印本

○清詩話四十四種　丁福保輯　○鉛印本

以上三書是詩話專門的叢書著名的大抵蒐集着，但大部的著述，有不能不依據單行本的。

○文學津梁十二種　周鍾游輯　○石印本

集專論文的書，上自陳，下及清。

○詞話叢編六十種　唐圭璋輯　○鉛印本

這是網羅從宋至清的詞話之著名者的叢書，大部的也收入。

○增訂曲苑二十種　古書流通所輯刊（？）　○影印本　○鉛印本

集戲曲研究上必須的書，評論書占大半。

○文心雕龍十卷　梁劉勰撰　○商務印書館國學基本叢書本　○通行本　○石印本

詩話總龜九十八卷　宋阮閱編　○四部叢刊影印本

苕溪漁隱叢話九十卷　宋胡仔編　○商務印書館國學基本叢書本

○詩人玉屑二十卷　宋魏慶之編　○商務印書館國學基本叢書本　○石印本

○甌北詩話十二卷　清趙翼撰　○通行本　○石印本

唐詩紀事八十一卷　宋計有功編　○商務印書館國學基本叢書本　○鉛印本

宋詩紀事一百卷　清厲鶚編　商務印書館國學基本叢書本

元詩紀事四十五卷　陳衍編　○商務印書館國學基本叢書本

明詩紀事一百八十七卷　清陳田編　○商務印書館國學基本叢書本

國朝詩人徵略一百二十四卷　清張維屏編　○原刊本

唐詩紀事以下五書，是以人區別集自唐至清各代詩人的小傳、詩、故實品評的，檢索便利；唯國朝詩人徵略體裁少異，僅舉詩句，不出全篇。

賦話十卷　清李調元撰　○函海本　○重刻單行本

四六叢話三十三卷　清孫梅撰　○商務印書館國學基本叢書本　○鉛印節略本

把關於四六文的評論，從古書中集而分類之，託明出典。